致成长书系

开窍：十位巨匠思维智慧解码

刘悦坦　著

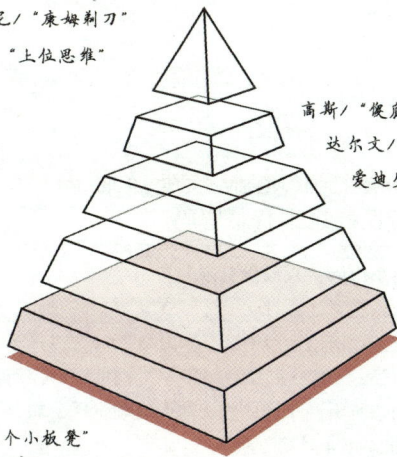

苏格拉底／"精神助产术"
阿基米德／"顿悟效应"
哥白尼／"康姆剃刀"
牛顿／"上位思维"

高斯／"傻瓜模式"
达尔文／"穷极追问"
爱迪生／"换轨思维"

爱因斯坦／"三个小板凳"
屠呦呦／"长期主义"
马斯克／"因梦施教"

山东教育出版社
·济南·

图书在版编目（CIP）数据

开窍：十位巨匠思维智慧解码 / 刘悦坦著 . —济南：山东教育出版社，2024.4
ISBN 978-7-5701-0649-3

Ⅰ.①开… Ⅱ.①刘… Ⅲ.①故事 – 作品集 – 中国 – 当代 Ⅳ.①I247.8

中国国家版本馆CIP数据核字（2024）第057093号

KAIQIAO：SHI WEI JUJIANG SIWEI ZHIHUI JIEMA

开窍：十位巨匠思维智慧解码　　　　　　　　刘悦坦　著

主管单位：山东出版传媒股份有限公司
出版发行：山东教育出版社
　　　　　地址：济南市市中区二环南路 2066 号 4 区 1 号　邮编：250003
　　　　　电话：（0531）82092660　　网址：www.sjs.com.cn
印　　刷：山东临沂新华印刷物流集团有限责任公司
版　　次：2024 年 4 月第 1 版
印　　次：2024 年 4 月第 1 次印刷
开　　本：140 毫米 × 210 毫米　1/32
印　　张：7.5
字　　数：125 千
定　　价：50.00 元

（如印装质量有问题，请与印刷厂联系调换）印厂电话：0539–2925659

序

人不是慢慢长大的，而是突然长大的！

当孩子成绩不够理想的时候，很多家长会说这样一句话："这个孩子在学习上不开窍，等开窍就好了。"

我们常常可以发现：同一个班，有的孩子越学越灵活，即使轻轻松松地学，成绩依然名列前茅；有的孩子越学越吃力，即使每天学习到深夜，成绩依然没有起色。其实这种现象的背后，不是孩子智商的差别，而是学习上开窍的早晚。那些中考、高考得高分的孩子，就是在学习上早早开窍的孩子。他们深谙学习方法，举一反三、触类旁通，学习上如鱼得水、成绩上独占鳌头。

　　在上学的时候，我们应该都见过这样一类学生：他们原先也不爱学习，整天浑浑噩噩，成绩一塌糊涂，可是有一天他们有如神助，整个人突然变了——学习态度积极上进，又自律又刻苦，成绩也随之突飞猛进。这种脱胎换骨的变化，就叫开窍。

　　为什么有些孩子不开窍？因为他们不知道什么是"窍"。未曾观世界，何来世界观？开窍的最好办法是让孩子接触到世界上最好的学习榜样、学习到最好的思维智慧、见识到最好的学习方法。从脑科学的角度讲，开窍是大脑接收到最优质信息的刺激，从而形成了更迅速、更深刻、更创新的神经元连接系统，进而在短时间内真正形成从量变到质变的飞跃。所谓恍然大悟、茅塞顿开、醍醐灌顶、如虎添翼等，都是开窍后的感觉。

　　我自己就是一名小学考初中、初中考高中、

高中考大学三次落榜的"笨小孩"，高考落榜后复读一年，才勉强考入一所师范专科学校，但是一旦开窍，人生从此别开生面，考本科、考硕士、考博士、获得教育部优秀青年教师出国研究项目资助，全额公费去美国最顶尖的大学从事博士后研究，回国后获得"教育部新世纪优秀人才"等荣誉称号，在"985工程""双一流"建设高校任教，被教育界誉为"最励志教授""共青团梦想导师"等。

可见，"开窍"不是一个人本来有多聪明，而是之前积累了大量有价值的资源，随着年龄增长和经验积累，在某一个点上被某个榜样或者某种方法所"击中"，一瞬间茅塞顿开、醍醐灌顶，突然明白和掌握了学习上最有价值且适合自己的方法，让自己能够迅速进入学习上的快车道。

同一本书，有些人读了，很快就能够触类旁通，领悟到深层核心和主题，而有些人则翻阅许多遍仍是一头雾水，根本不知道它在讲什么。这就是开窍和不开窍的区别。

真正开窍的人，说到底，就是开启了高境界智慧。所谓智慧，就是看透事物或现象背后的规律和隐秘、直达本质的能力。

高质量的教育，旨在金针度人，授之以法，提高学生学习的效率。读万卷书不如行万里路，行万里路不如阅人无数，阅人无数不如贵人相助，贵人相助不如名师指路。

人的一生，最大的幸运不是升官发财，而是不经意间遇到了一个人、一本书。这个人或这本书以你从未想过的方式打破了你原有的思维模式，一瞬间提升了你的思维境界和认知层次，让你知道这个世界上竟然还有另外一种观念、思想、境界，让你的人生从此与过去大不相同。如果你是这样的幸运者，这个人就是你生命中的贵人，这本书就是你生命中的宝典。

《开窍：十位巨匠思维智慧解码》一书，我们精益求精筛选出世界上最有创造力的十位大师、巨匠，从他们身上最有价值的小故事入手，深挖小故事背后的大知识、大创意、大智慧、大境界，并以最具操作性的方式分析这些智慧背后的具体实施方法，让这些智慧变得可以学习和复制。读完这本书，你不仅会了解人类十大顶级学霸思维，你还会深入掌握这些思维背后的"费曼学习法""西蒙学习法""番茄学习法"等高效学习方法，你还能学会如何运用"路径依赖""内容置换""目标唤醒"等开窍工具，你还会真正了解"错题本"怎么建、"海沃塔"聊天法怎么用……你不仅能知其然，还能知其所以然，就像这些大师、巨匠在面对面、手把手教你，让你彻底开窍。

我们相信：一个小故事如果可以跨越时间、跨越国界、跨越学科、跨越种族而在人世间流传不衰，其中一定有某些地方深深地契合了人性基因中最深刻而又未被大家在理性层面上用语言说清的地方，一定有人类思维方式中底层的逻辑和顶层的智慧，就像精神分析中所说的"潜意识"。而这些最宝贵的"智慧潜意识"一旦被挖掘、被分析、被界定、被命名、被传播，进入到"意识"领域，一定会对我们的智慧起到极大的启发效果。

最好的教育，不是知识的灌输，而是方向的指引，是用一盏灯点燃另一盏灯。本书中的十位巨匠，就像十盏长明灯，曾经长久地照亮人类的文明之路。我相信，其中至少有一盏灯能够照亮你前行的道路。

目录

苏格拉底

——如何用"精神助产术"获取层级思维?

扫一扫　看视频

　　层级思维是人类探求深层智慧的思维方式。古往今来，人类历史上几乎所有的巨匠、大师都是通过一层层不断突破表面、深入探查事物本质而发现真理或发明新事物的。苏格拉底的"精神助产术"就是一种层级性思维的呈现方式。

　　本章我们将深入了解并掌握苏格拉底"精神助产术"的思维方式，从而举一反三使学习事半功倍，真正成为出类拔萃的学霸。

苏格拉底像

苏格拉底伟大成就

苏格拉底（前469—前399），古希腊著名的思想家、哲学家、教育家。苏格拉底和他的学生柏拉图、柏拉图的学生亚里士多德并称为"古希腊三贤"。苏格拉底本人更是被后世公认为西方哲学的奠基者。

苏格拉底的一生，没有留下任何书面著作。我们之所以能了解到他的理论和思想，主要是通过他的学生柏拉图和色诺芬在著作中的回忆。苏格拉底一生中最大的贡献是，他为西方哲学开创了新的范畴、准则和方法，并用自己毕生的精力甚至宝贵的生命去践行。

具体说来，苏格拉底对人类哲学与科学的贡献在于：

苏格拉底转变了哲学研究的范畴，由关注自然（外部）转向关注人本身（内部）。在苏格拉底以前，古希腊的哲学家们主要研究宇宙的本源是什么、世界是由什么构成的等问题，后人称之为"自然哲学"。苏格拉底把哲学真正引入到以人为本的研究，为西方哲学的发展确立了全新的方向。苏格拉底本人是一位智慧的传教士和哲学的殉道者，历史上没有哪一位哲学家像他一样痴迷于一种正义的生活。苏格拉底以他的生活实践和人格精神为后世哲学家树立了典范。

苏格拉底开创了新的哲学研究、哲学思辨的方法，尤其是他独创的"精神助产术"的思维方式，无论是在当时还是对后世都有着巨大的颠覆性价值和开创性意义。苏格拉底的"精神助产术"自始至终是以师生问答的形式进行的，所以又叫"问答法"。苏格拉底在教学生深刻了解某种概念时，不是把这种概念直接告诉学生，而是先向学生提出问题，让学生回答，如果学生回答错了，他也不直接纠正，而是提出另外的问题引导学生思考，从而使其一步一步得出正确的结论。这种"问答法"为人类后世的启发式教学奠定了坚实的基础。

苏格拉底打破了古希腊人对神灵盲目崇拜的愚昧状态，他指出人类自身的智慧很微小——"我唯一知道的就是我一无所知"。但是人还是可以通过思考来认识自己，并可以通过自己的思考获得对世界的认知。

苏格拉底用自己毕生的实际言行，把拥有知识由巫师和贵族阶层的特权推广到社会大众，让普通百姓也可以获得哲学、知识和智慧。苏格拉底曾经把自己比喻成牛虻，认为自己的使命就是把自我省察的生活带入雅典城邦，激活民众的哲学意识，由此而提高人类灵魂的德性。

苏格拉底被称为"西方的孔子"，这是因为他们都开创了一个新的时代。这个时代并不是靠军事或政治的力量所成就的，而是他们透过理性对人的生命作出深刻的理解，从而引导大众进入一种新的生命境界。

神遇——孔子与苏格拉底的对话　　　　　吴为山作品

苏格拉底传奇人生

苏格拉底出生于希腊雅典一个普通公民的家庭。其父亲是雕刻匠，母亲是助产士。苏格拉底尽管长相平凡，却具有非凡的思想。年轻的苏格拉底曾向著名学者普罗泰戈拉等人求教，讨论各种重要的社会、人生和哲学问题。苏格拉底平时生活简朴，一年四季只穿一件普通的单衣，赤足行走，粗茶淡饭。

青少年时代，苏格拉底曾跟父亲学过雕刻手艺。后来他熟读《荷马史诗》及其他著名诗人的作品，靠自学成为一名很有学问的人。苏格拉底把自己看作神灵的使者，任务就是整天到处找人谈话，讨论问题，探求对人最有价值的真理和智慧。后来，他以传授知识为生，30多岁时做了一名不取报酬也不设学堂的社会道德教师。他的一生大部分时间是在市场、运动场、街头等公共场合与各阶层的人讨论各种各样的问题。例如：什么是道德？什么是民主？什么是美德？什么是勇气？什么是真理？这些讨论旨在引导人们认识到：在这些对于人至关重要的问题上，其实人是非常无知的，因此人们需要通过批判性的研讨去寻求什么是真正的正义和善良，从而达到改造灵魂和拯救城邦的目的。苏格拉底说："我的母亲是个助产士，我要追随她的脚步。我是个精神上的助产士，帮助别人产生他们自己的思想。"

在中年时代，苏格拉底就已经成为雅典的名人。他在雅典和当时的许多智者辩论哲学问题，主要是关于伦理道德、教育及政治方面的问题，被认为是当时最有智慧的人。苏格拉底的学说具有神秘主义色彩。他认为，天上和地上各种事物的生存、发展和毁灭都是神安排的，神是世界的主宰。他反对研究自然界，认为那是亵渎神灵的。苏格拉底提倡人们要认识做人的道理，过有道德的生活。他把哲学定义为"爱智慧"。他的一个重要观点是：自己必须要知道自己无知。当时，许多人常常聚集在他周围，向他请教。苏格拉底却常说："我唯一知道的就是我一无所知。"

作为公民，他曾三次参军作战，当过重装步兵，在战争中表现得顽强勇敢，并经常在战斗中救助受伤的战友。此外，他还曾在雅典公民大会中担任过陪审官。但是，在雅典恢复奴隶主民主制后，苏格拉底被指控，以藐视传统宗教、引进新宗教、带坏青年和反对民主制度等罪名被判处死刑。在狱中，他依然坚持学习，直到生命终点。最后，他拒绝了朋友和学生让他乞求赦免和逃出监狱的建议，从容地饮下毒酒而死，终年 70 岁。

在欧洲文化史上，苏格拉底一直被视作为追求真理而殉道的圣人。哲学史家往往把他作为古希腊哲学发展史的分水岭，将他之前的哲学称为前苏格拉底哲学。

苏格拉底从容地喝下毒酒

苏格拉底开窍故事："精神助产术"实例

有一天，苏格拉底像往常一样，穿着破衣裤，赤着脚，来到集市上。突然，他拉住一个过路人说道："先生您好，我有一个问题始终弄不明白，希望向您请教——大家都说要做一个有道德的人，但道德究竟是什么？"

那人想也不想就回答道："忠诚老实，不欺骗人，就是道德。"苏格拉底接着问："您说道德就是不欺骗别人，但和敌人交战的时候，我军将领却千方百计地去欺骗敌人，这是不是不道德呢？"

那人没料到苏格拉底这样问，只好说："欺骗敌人是符合道德的，但欺骗自己人就不道德了。"

苏格拉底接着他的话题继续往下追问："在一次战斗中，我军被包围了，千钧一发之际，为了鼓舞士气，统帅就欺骗士兵说：'我们的援军马上就要到了，一旦突围成功，我们就能和援军会合了。'结果大家真的一鼓作气，突围成功。这种欺骗是不是不道德呢？"

那人挠了挠头，回答说："那是战斗中的无奈之举,我们在日常生活中就不能这样。"

苏格拉底微微笑了笑,接着问道:"我们在日常生活中常会遇到这样的情况:儿子生病了,却又不肯吃药,父亲欺骗儿子说,这不是药,而是一种好吃的东西。请问,这是不是不道德呢?"

那人只好承认:"这种欺骗是符合道德的。"

苏格拉底故作无知地又问道:"不骗人可以说是道德的,骗人也可以说是道德的。那就是说道德不能用骗不骗人来说明。究竟用什么来说明呢?还是请您告诉我吧!"

那人被弄得无可奈何,只好说:"不知道道德就不能做到道德,知道了道德才能做到道德。"

苏格拉底听了立即表现得十分高兴,拉住那人的手说:"您真是一位伟大的哲学家,您告诉了我道德就是关于道德的知识,使我明白了一个长期感到困惑的问题。我衷心地感谢您!"

苏格拉底这种通过层层设问、步步引导，最终让对方找到答案的方法，就是"精神助产术"。这一方法在人类思想史上具有重要意义。

苏格拉底开窍智慧：用"精神助产术"获取层级思维

苏格拉底认为，一切知识均从疑问中产生，疑问越多，进步越大。苏格拉底承认自己本来没有知识，但是他又要传授给别人知识。对于这个矛盾，他是这样解决的：这些知识并不是由他灌输给别人的，而是人们原来已经具有的；人们已在精神上怀了知识的"胎"，不过自己还不知道，他像一个"助产士"，帮助人们产生知识。苏格拉底的助产术，集中表现在他以诘问的方式揭露对方提出的各种命题、学说中的矛盾，以动摇对方论证的基础，从而使对方逐渐了解自己的无知、发现自己的错误，进而建立正确的知识观念、培养深刻的思维方式。

这种谈话的特点在于：借助问答弄清对方的思路，使其自主发现真理。在谈话中，苏格拉底偏重

于问,他不回答对方的问题,只要求对方回答他所提出的问题。他以谦和的态度发问,从对方的回答中导引出其

苏格拉底的"精神助产术"

他问题的资料,直至通过不断地诘问,使对方认识到自己的无知并掌握深度思考的步骤和方法。

苏格拉底的"精神助产术",本质上是一种不断挖掘底层本质的智慧。这种思维方式,通过环环相扣的追问,迫使对方不断提出答案,又不断否定自己,从而不断向事物的深层本质逼近,最终使提问者和回答者都在更深层面上掌握事物的底层逻辑。最重要的是,在这个层层揭示真理的过程中,双方(尤其是回答者)的思维能力都获得很大提升。这种思维方式在短时间内就可以让对方恍然大悟、茅塞顿开。应该说,"精神助产术"是一切启发式教学的最高境界。它不仅在方法论上提供了策略,还在具

体的执行层面提供了操作步骤。作为一种"思维体操"式的训练，它不仅可以在老师与学生、家长与孩子之间进行，还可以通过自我对话的方式由个人独立完成。

科学精神与科学思维的本质就在于不断突破表面现象，不断向事物的深层本质逼近。而苏格拉底的"精神助产术"，可以帮助普通人获得大师级的思维方式，提高思维能力，从而破茧成蝶、脱颖而出。

"精神助产术"的步骤：

1. 提出一个大家都习以为常的但并未真正理解的概念让对方解释。

2. 找出对方回答中的疏漏，利用这个疏漏进一步反诘，迫使（协助）对方做进一步的思考，并提供新的答案。

3. 继续指出新答案中的漏洞，迫使（协助）对方再进一步思考，再提出新的答案。

4. 如此层层深入，最终让对方掌握事物的本质，并学会这种层级性思维方式。

　　"精神助产术"的思维训练,一定要注意两点:
第一,提问者的问题一定要紧贴回答者的答案,每
次只指出对方回答中的一个小漏洞,让对方有能力
想出新的答案。一定要让对方进行一级一级的上升
式思考,因为训练的过程与步骤比最后的结论更为
重要。如果提问者提出的问题具有较大跳跃性或者
较大难度,回答者往往会说"我不知道了,你告诉
我吧",那就彻底终止了谈话。第二,当回答者最后
提出他之前都未曾想到的答案时,提问者要表现出
恍然大悟的神情,并对回答者给予高度赞扬和感谢,
用带有仪式感甚至夸张式的庆祝让对方觉得这一次
对话很有价值,从而进一步夯实这种层级式思考的
意义。这种对话式思维训练,最终树立的是回答者
的自信。

　　读者朋友,快来学习"精神助产术"这种思维方
式吧,相信你一定能成为像苏格拉底一样具有大智慧
的人!

苏格拉底开窍智慧延伸阅读

1. 学唱新歌

苏格拉底在被判了死刑而坐牢时，偶然听见隔壁牢房里有个犯人在唱歌，那是一首他从未听过的歌。苏格拉底急忙请求唱歌的狱友教他唱那首新歌。

监牢里的人都知道苏格拉底是死囚，而且行刑日期迫近。听了苏格拉底的请求，唱歌的囚犯很吃惊："您不知道自己马上就要被处决了吗？"

"我当然知道。"苏格拉底轻松地回答。

"那您为什么还要学新的东西呢？"狱友不解地问。

这位伟人回答说："这样我死之前就多学会了一首歌。"

开窍解读：终身学习是伟人之所以伟大的前提和本质。在这一点上，苏格拉底与很多巨匠、大师是一样的。文艺复兴时的百科全书式巨匠达·芬奇，在绘画、雕塑、物理学、天文学等方面都有很多开创性建树，就是因为他始终都在学习新知识，对任何事物保持着极大的求知欲。这就是科学精神的真正的种子。

科学精神就是为了纯粹地探求自然界的奥秘,没有任何功利性、实用性目的。科学中的一小部分转化成技术,才推动了人类社会的进步。如果只考虑学习和研究对我们有用的技术,反而会阻碍科学精神的发展。在教育孩子方面也是如此。让孩子真正对大自然、对社会、对各种不同学科的知识感兴趣,让孩子在科学的天空里展翅高飞、在知识的海洋里遨游,才是真正让孩子成为栋梁的教育。

2. 最大的麦穗

有一天,苏格拉底带领几个弟子来到一块麦地边上。正值麦子成熟的季节,地里都是沉甸甸的麦穗。苏格拉底对弟子们说:"你们去麦地里摘一颗最大的麦穗,但是只许前进不许后退。我在麦地的尽头等你们。"

弟子们听了老师的要求后,就走进麦地开始寻找最大的麦穗。

地里到处都是麦穗,哪一颗才是最大的呢?弟子们埋头向前走,看看这一颗,摇了摇头,看看那一颗,又摇了摇头。他们总以为最大的麦穗还在前面呢。虽然有的弟子也试着摘了几颗，但并不满意，便随手扔掉了。他们总以为机会还很多，完全没有必要过早地定夺。

弟子们一边低着头往前走，一边用心地挑挑拣拣，经过了很长一段时间。突然，大家听到苏格拉底的声音："你们已经到头了。"这时两手空空的弟子们才如梦初醒。

苏格拉底对弟子们说："这块麦地里肯定有一颗麦穗是最大的，但你们未必能碰见它；即使碰见了，也未必能做出准确的判断。因此，最大的一颗麦穗应该是你们之前摘下的。"

开窍解读：对未来最大的慷慨就是把一切都献给现在。人的一生仿佛是在麦地中行走，寻找着最大的一颗麦穗。有的人见到一颗饱满的大麦穗，就不失时机地摘下它；有的人则东张西望，这山望着那山高，一再错失良机。虽然追求的应该是最大的，但把眼前的麦穗拿在手中才是实实在在的。对知识的学习也是如此，不要好高骛远，要一步一个脚印，不断夯实已经掌握的知识。切记:很多时候,"最好"是"好"的敌人。做任何事,都不要过于追求完美无缺,应该先把事做对,再逐步做好。如果你一直在寻求"最好",你就会不断错过无数的"好"。

3. 坚持甩手臂

开学的第一天,苏格拉底对他的学生们说:"今天我们只做一件事,每个人尽量把手臂往前甩,然后再往后甩。"说着,他做了一遍示范。"从今天开始,每天做300下,大家能做到吗?"学生都笑了,这么简单的事,谁做不到呢?可是一年以后,苏格拉底再问的时候,几乎全部学生都羞愧地低下了头,因为他们都没坚持。但是有一个人坚持了下来,这个人后来成为苏格拉底之后新一代伟大的思想家、哲学家,这个人就是柏拉图。

苏格拉底(左)与柏拉图

开窍解读：把最基本的招式练到极致就是绝招。

无数的事实告诉我们，大师之所以能成为大师，不在于使用了什么花哨的技巧，而在于其扎实的基本功。音乐家勃拉姆斯有一次在演奏小提琴的时候，突然，琴弦断了一根，但是他并未受影响，而是继续演奏。后来，琴弦又断了一根，勃拉姆斯依然面不改色地继续演奏，最后只剩下了一根琴弦，他依然出色地完成了演奏。原来，他苦练基本功，早已经练就了只用一根琴弦演奏的本领。西班牙著名画家毕加索说过："我14岁就能画得像拉斐尔[①]一样好，之后我用一生去学习像小孩子一样画画。"以此类推，以数学为例，参加各种奥数、珠心算等技巧训练，都不如让孩子从小练好数学基本运算能力。因为基本功是一切技巧和能力的第一推动力。

4. 先有鸡还是先有蛋

有一次，苏格拉底问一个人："先生，请问是先有鸡还是先有蛋呢？"那人随口答道："先有鸡，然后鸡下蛋。"苏格拉底反问道："那第一只鸡又是从哪里

[①] 拉斐尔：文艺复兴时的现实主义画家。

来的呢？"那人又改口说："那就是先有蛋，蛋孵出了鸡。"苏格拉底又问："那第一只蛋又是从哪里来的呢？"那人终于无奈地说："我不知道。"于是，他又反问苏格拉底："你说是先有鸡还是先有蛋？"苏格拉底说："我也不知道。"那人嘲笑道："你不是和我一样无知吗？"苏格拉底说："我们不一样。你以无知为知，最终导致真正的无知；我以无知为无知，最终导致真正的知。"这种在诘问中让对方知道自己无知的方式被称为"苏格拉底的讽刺"。这是人类智慧中带有辩证法意味的高级思维形式。

开窍解读：无知分两种——一种是无知的事实，一种是无知的态度。只有真正认识到自己无知的事实，并且用这种无知的态度去探求知识的本质，我们才能像苏格拉底一样获取真正的知识，从而进一步接近真理。

苏格拉底开窍金句

1. 知识即美德，无知即罪恶。

2.真理有三部分：考察，即求取它；认识，即它已存在；信心，即运用它。

3.人可以犯错，但是不可犯同一个错。

4.谦逊是藏于土中甜美的根，所有崇高的美德均由此发芽滋长。

5.真正高明的人，就是能够借助别人的智慧使自己不受蒙蔽的人。

6.我唯一知道的就是我一无所知。

7.这个世界上有两种人，一种是快乐的猪，一种是痛苦的人。要做痛苦的人，不做快乐的猪。

8.我与世界相遇，我自与世界相蚀；我自不辱使命，使我与众生相聚。

9.世界上最快乐的事莫过于为理想而奋斗。

10.未经省察的人生没有价值。

阿基米德

——如何用"顿悟效应"解决不可思议的问题?

扫一扫　看视频

在人类科学技术史上，很多看似不可能完成的难题都是通过"顿悟效应"解决的。顿悟看似是一种毫无征兆、不可预测的"灵光乍现"，但是背后依然有着科学规律可循。本章我们将通过解读"顿悟效应"的产生过程及相关经典故事，引导大家运用"顿悟效应"对自己进行"目标唤醒"，从而取得创造性成就。

阿基米德像

阿基米德伟大成就

阿基米德（前287—前212），古希腊伟大的哲学家、数学家、物理学家、力学家，静态力学和流体静力学的奠基人，享有"力学之父"的美誉。阿基米德和高斯、牛顿并列为世界三大数学家。阿基米德曾说过："给我一个支点，我就能撬动整个地球。"

阿基米德确立了静态力学和流体静力学的基本原理，给出了大量几何学研究的方法。阿基米德创造性地证明了物体在液体中所受浮力等于它所排开液体的重量，这一发现被后人称为"阿基米德原理"。鉴于阿基米德在多个学科领域内的重大发现与发明，他被称为"百科全书式的科学家"。他为人类社会的进步和发展做出了不可磨灭的贡献。即使牛顿和爱因斯坦这样的大科学家也都从他身上汲取过智慧和灵感，文艺复兴时期的达·芬奇和伽利略等人都受到过他的启发。他被称作"理论天才与实验天才合于一人的理想化身"。

阿基米德传奇人生

公元前 287 年，阿基米德诞生于西西里岛上叙拉古附近的一个贵族家庭。他的父亲爱好科学，精通天文学、数学等，学识渊博，为人正派。阿基米德受到父亲的影响，从小就对天文学、数学产生了浓厚的兴趣。其中最让阿基米德着迷的，是古希腊的几何学。

阿基米德生长在一个新旧文明交替的时代。他出生时，辉煌的古希腊已经逐渐衰退，经济、文化中心逐渐转移到埃及的亚历山大城。亚历山大城位于尼罗河口，是当时世界的知识、文化、贸易中心，这里学者云集，人才荟萃，被世人誉为"智慧之都"。阿基米德在这里学习和生活了多年。

阿基米德在亚历山大城时跟随许多著名的数学家学习，他兼收并蓄了东方和古希腊的优秀文化。所有这一切，都为他日后从事科学研究奠定了基础。

后世人们为了纪念这位伟大的科学家，把月球正面位于雨海东侧边缘的一座环形山取名阿基米德环形山（Archimedes）。

阿基米德开窍故事：黄金王冠的鉴定

有一次，赫农王让工匠做了一顶纯金的王冠。他怀疑工匠用一部分银子偷换了王冠上的黄金，于是就请阿基米德来鉴定。阿基米德对着金黄色的王冠，苦苦思索——王冠的颜色是纯金色的，重量也与国王给的金子一样，从表面上看不出任何问题。但是阿基米德没有就此放弃，而是绞尽脑汁，用心思索。功夫不负有心人。有一天，阿基米德正在浴缸里洗澡，突然，他注意到，当身体渐渐浸入浴缸时，有一部分水从浴缸边上溢了出来，他入水越深，溢出的水就越多。刹那间，他"顿悟"了。他跳出浴盆，连衣服都没来得及穿，就向着王宫跑去。一边跑，一边叫："尤里卡，尤里卡（我知道了，我知道了），解决王冠问题的办法找到啦！"

他跑进王宫后，对国王说："请允许我先做一个实验，才能把结果报告给您。"国王同意了。阿基米德将与王冠一样重的金子、银子和王冠，一一放在盛满水的盆里。只见金块排出的水量比银块排出的水量少，而王冠排出的水量则比金块排出的水量多。阿基米德对国王说："王冠掺了银子！"国王看了实验，没有弄明白。阿基米德说："一千克的木头和一千克的铁比较，木头的体积大。如果分别把它们放入水中，体积大的木头排出的水量比体积小的铁排出的水量多。按照这个道理，因为金子的密度大，银子的密度小，因此同样重的金子和银子，必然是银子的体积大于金子的体积。所以同样重的金块和银块放入水中，那么金块排出的水量就应该比银块的水量少。刚才的实验表明，王冠排出的水量比金块多，说明王冠的密度比金块的密度小，这就证明王冠不是用纯金制造的。"阿基米德生动形象的讲述，使国王彻底信服了。最后经过审讯，那个工匠承认自己私吞了部分黄金。

阿基米德这一因"顿悟"而产生的发现在物理学上被称作"阿基米德原理"，是流体静力学中第一个基本原理。

这种因"顿悟"而产生的科学发明和发现还有很

多。例如，德国化学家凯库勒（1829—1896）经过对苯分子结构的研究，发现一个苯分子含有 6 个碳原子和 6 个氢原子。其中，碳的化合价是 4 价，氢则是 1 价，有机物的碳原子互相连接形成碳链，那么在饱和状态下每个碳原子还应该与 2 个（在碳链中间）或 3 个（在碳链两端）氢原子化合，算上去 6 个碳原子应该和 14 个氢原子化合。苯分子只有 6 个氢原子，说明它的碳原子处于极不饱和状态，化学性质应该很活泼。但是苯的化学性质却非常稳定，说明它和不饱和有机物的结构不一样。这很奇怪，苯究竟有什么样特殊的分子结构呢？凯库勒对此百思不得其解。一天晚上，凯库勒做了一个梦，他在梦中看到苯分子链变成了一条蛇，蛇突然回过头去咬住了自己的尾巴，形成了一个圆环……凯库勒猛然惊醒，受到梦的启发，他一下子明白了苯分子原来是一个六角形环状结构。

　　亲爱的读者，这种"顿悟效应"神奇吧？"顿悟"到底是如何产生的呢？请接着往下读。

阿基米德开窍智慧：用顿悟思维产生创造性成果

如果大师们的智慧只能放在殿堂里展览，供人瞻仰或者膜拜，而不能被后世人们学习和掌握，那么，大师们的智慧就被大大浪费了。

看似具有偶然性的"顿悟"思维，其实是有着可以操作和模仿的具体步骤的。在所有对"顿悟""灵感""创意"的研究中，著名创造力研究大师詹姆斯·韦伯·扬的研究成果最具代表性。他曾经把创意的产生分作五个阶段，其中第四个阶段就是顿悟阶段。

下面，我给大家具体分析：

1. 收集原始资料

无论做什么事，资料多了都不是坏事。资料就像砖瓦，平时要多积累。很多时候，"顿悟效应"都是受到意想不到的微弱信息的刺激而产生的。

2. 对资料进行分类和组合

学习的本质就是分类。创造力的本质就是把旧元素进行新的分类和组合，这种分类和组合的前提是对事物间相互关系有深层的了解。提醒各位读者，平时要养成探求事物之间关系的习惯。例如，看到两个事物相似，你要找出它们的不同之处；看到两个事物不同，你要找出它们的相同之处。这种大开大合、叩其两端的思维品质是创造力的重要来源。

3. 全身心投入研究资料

如何才能做到全身心投入研究呢？在这里，给大家提供一种学习方法——番茄学习法。因为这个办法会用到闹钟，而很多闹钟常被设计成番茄形状，所以这种用闹钟来提醒自己的学习方法就叫"番茄学习法"。它的具体步骤是：选择一个任务，将闹钟设为25分钟，这算作一个番茄时间。在这25分钟内专注学习，中途决不做任何与该任务无关的事，直到闹钟响起，然后休息5分钟，可以去喝水或者上厕所，让大脑得到调整和休息。然后再开始下一个25分钟的番茄时间。这是一种人为的、强制的自我时间管理方法。由于它会强迫你分阶段、高效率地学习，所以往往会有意想不到的收获和成就感。用这种方法迫使自己专注琢磨、研究资料，自然会由表及里、由浅及深，把握资料精髓要义。

4. 苦思冥想依然没有思路的时候，转换环境和身体状态

这一阶段就是"顿悟效应"产生的阶段了。人们在长时间对一件事进行高密度思考与研究之后，往往会感到疲倦，不会再对这件事有新思路，容易形成"思维定式""刻板印象"，导致自己在思维里给面临的问题"筑墙"。要想打破这道思维里的墙，需要转换周围环境和思维状态。例如，游泳、洗澡、散步、打球……其实，很多时候，在没有思路的时候，去上个厕所，就会产生新的思路。这就是顿悟。瀑布可谓是河流在走投无路的时候产生的奇迹！长久集中研究一个问题，你的大脑皮层中会积累很高的势能，但是如果没有外力，这些势能始终处于量变状态。一旦打破原有的状态，让环境转换，思维就会刹那间被激活，大脑中的高密度势能就会像瀑布一样飞流直下三千尺，瞬间转换为高强度动能。这就是顿悟——突然间明白了事物的深层本质。

5. 进一步打磨创意成果，使之能够实际应用

这个阶段主要是对顿悟产生的新思路进行理性评

价和调整，目的在于让刚才的创意能够真正适应于实际应用。因为思维在大幅度跳跃的时候，会产生很多光怪陆离、不切实际的创意，这时需要借助理性意识和批判性思维从中选择能够解决实际问题的有效创意。

顿悟效应与目标唤醒

"顿悟效应"除了对我们的思维方式有着重大的突破性影响之外，在改变人的精神和行为方面同样具有重大价值。

心理学上有个重要的学术名词叫"目标唤醒"，是指通过对潜在的目标价值的强调，让人的观念在瞬间猛醒——醍醐灌顶、茅塞顿开、恍然大悟，从而使行为彻底改变。从教育学的角度讲，人不是慢慢长大的，而是突然长大的。很多时候，一句话就可能让一个人彻底改变。因为在这一刹那，这句话引发他产生了巨大的共鸣，与他原本沉睡于心底的某种固有元素发生强烈的"化学反应"，从而使整个人在瞬间醒悟。"浪子回头""周处除三害"等典故就是这样的例子。

用具体而有价值的目标来唤醒人，是教育学上的重要策略。有时候，读一本书，就是为了遇到其中一句话。

唤醒亲情：这个世界上最高的修养，就是对家人和颜悦色。

唤醒冷静：如果吼叫能够解决问题，那么毛驴将统治世界。

唤醒努力：你努力的样子里，藏着父母晚年的幸福。

唤醒坚持：人生的每一座里程碑上，都刻着"起点"两个字。

唤醒心情：所谓生气，就是拿别人的错误来折磨自己。

…… ……

下面给大家讲三个关于禅宗顿悟的小故事：

1. 当一天和尚撞一天钟

这是一个被很多人误解了的小故事。

话说古代，有一个小伙子到一家寺院出家。老方丈见他眉清目秀，有意好好提携他，于是对他说："我给你安排个任务——撞钟。每天早上五点撞五下，每天晚上五点撞五下。切记：这个任务很重要，一定要好好执行。"小和尚说："师父放心，弟子一定好好执行，不会出差错。"于是从第二天开始，小和尚按时撞钟。撞了七八天之后，老方丈把小和尚叫来，失望地对他说："撞钟这个事你干不了，以后劈柴挑水，干杂活吧。"小和尚很委屈："师傅，撞钟这几天我的工作没有任何差错，时间、次数没有一点儿问题。我的工作没有失误，为何您说我干不了呢？"

老方丈只说了一句话，小和尚立即羞愧地低下头。老方丈说："你的工作的确没有一点失误，但是你不明白撞钟的目标和意义。寺庙里撞钟，不是为了报时，而是为了用清醒、震撼的钟声唤醒芸芸众生，让大家放下私心杂念，一心向佛，一心向善。由于你不了解这一目标，你以为只要撞钟的时间、次数对就可以了，所以你撞钟的时候心不在焉，有气无力，缺乏精气神。你这种萎靡不振的钟声非但不能唤醒芸芸众生，反而让大家更加萎靡不振了。如果你真正明白撞钟的价值，你就会把全部的精气神都集中在钟锤上，那样撞出的钟声才能振聋发聩、醍醐灌顶，才能唤醒芸芸众生。"这就是当一天和尚撞一天钟的真正寓意。

开窍解读： 凡事只有真正认识到它的重要性，一个人才愿意认真去做。管理学上有一个非常重要的定律：不值得定律——凡是你认为不值得做的事，你就觉得把它做好不值得。所以，真正的"顿悟"，一定是建立在对目标价值的深度理解上。

2. 竹篮子打水一场空

这也是一个长期以来被大家理解偏了的小故事。

一个小和尚对老方丈说："师父，我天天读书、念经，但是后来都忘了，这和不读书、不念经有什么区别呢？"老方丈并没有给小和尚讲道理，而是给了他一个竹篮子，对他说："你用这个竹篮子去打水吧。"小和尚拿着竹篮子到河边打水，结果还没回到庙里，水就漏空了。小和尚说："师父，您看，没用啊，竹篮子打水一场空啊！"老方丈微笑着说："你再去多打几次水。"小和尚每次打水回来，水都漏空了。小和尚说："师父，您看，水都漏了。念经也是这样，都忘了。竹篮子打水永远都是一场空啊！"老方丈这时才对小和尚说："你看看，篮子是不是干净了？"小和尚一看，果不其然，在一次次打水的过程中，篮子被水洗得更干净了。

开窍解读：读书也是一样，也许书里的内容忘了，但是在不断读书的过程中，你的精神更澄澈了，品格更纯洁了，人格更完善了。竹篮子打水绝不会一场空，因为学习的目的不仅仅在于记住知识，更在于不断地觉察、醒悟和改变，在于提升生命价值、净化思想灵魂，让自己进入一个更高的人生境界。另外，在一次次地打水中，你还锻炼了身体。还有，你漏出的水，还滋润了一路的花。从寺院到小河边，美丽的小路鲜花盛开，不就是你打水的功劳吗？

竹篮子打水

3. 种兰花

有一位老方丈非常喜欢兰花，他在寺庙院子里种了很多盆兰花，每天浇水施肥，精心照料。有一天，老方丈要出门化缘。临行前，他对小和尚说："我走后你一定要好好照顾这些兰花，遇到恶劣天气，把它们搬到屋里。"小和尚满口答应："师父，你放心吧，我一定替您好好照顾兰花。"于是老方丈走了。但是小和尚只是口头答应，很快就忘了。果不其然，有一天晚上狂风暴雨，小和尚睡着了，第二天醒来到院子里一看，兰花被暴雨淋成了一片烂草。小和尚吓坏了，心想："师父回来怎么交代呢？他这么爱兰花，我给他弄成这样，他会怎么惩罚我呢？"正当小和尚担心害怕的时候，老方丈推开院门回来了。看着满院子一片狼藉和瑟瑟发抖的小和尚，老方丈微微笑了笑，说了一句："我种兰花不是为了生气的。"

兰花

开窍解读：我们之所以生气，是因为忘记了做事的初衷。每个人都应该经常用目标唤醒自己，生气永远不是我们活着的目标。故事中的老方丈就是这样，即使打断小和尚的腿，兰花也不会复原，不生气，重新再种就是了。有个词叫"气急败坏"，说得很形象，

"气急"了，人生就会"败坏"。

各位读者朋友，你被目标唤醒过吗？其实，我们这本书就建立在"目标唤醒"的基础上，让家长在教育孩子方面或者同学们在自主学习方面"开窍"，从此脱胎换骨，点石成金。

阿基米德开窍智慧延伸阅读

1. "大家都要相信他"

杠杆为什么能省力呢？在阿基米德发现杠杆定律之前，没有人能够解释。当时，有的哲学家在谈到这个问题的时候，一口咬定说，这是"魔鬼作怪"。阿基米德不承认是什么"魔鬼"。他认为，自然界里的种种神奇现象一定有其科学道理。经过反复地观察、实验和计算，阿基米德终于发现了杠杆的平衡定律——力臂和力（重量）成反比。换句话说，就是小重量是大重量的多少分之一，长力臂就应当是短力臂的多少倍长。阿基米德确立了杠杆定律后，就推断说，只要杠杆长度适当，任何重量都可以用很小的力量举起来。据说，他曾经说过这样的豪言壮语："给我一个支点，我就能撬动整个地球！"叙拉古国王听说后，对阿基米德说："凭着宙斯起誓，你说的事真是匪夷所思。"阿基米德向国王解释了杠杆的特性以后，国王说："到哪里去找一个支点，把地球撬动起来呢？""这样的支点是没有的。"阿基米德回答。"那么，要叫人相信杠杆的神力就不可能了？"国王说。"不，不，您误会了，陛下，我能够给您举出别的例子。"阿基米德说。 国王说："你不要吹牛了！你且替我推动一个重的东西，看你讲的话是否有理。"

"给我一个支点，我就能撬动整个地球！"

当时国王正有一个困难的问题急需解决：他让人造了一艘很大的船，船造好后，动员了叙拉古全城的人，也没法把它推下水。阿基米德说："我替您来推这只船吧！"阿基米德利用杠杆和滑轮的原理，设计、制造了一套巧妙的机械。一切都准备好后，阿基米德把一根绳子的末端交给国王，让国王轻轻拉一下。国王拉动绳子后，那艘大船果真慢慢移动起来，并顺利地滑到了水里。国王和大臣们看到这样的奇迹，都惊叹不已。于是，国王彻底信服了阿基米德，并向全国发出布告："从此以后，无论阿基米德讲什么，大家都要相信他。"

2. 研发武器，保卫祖国

公元前218年，罗马帝国与叙拉古王国发生战争。此时，科学巨匠阿基米德已经进入暮年。罗马军队的最高统帅马塞拉斯率领军队包围了他所居住的城市，还占领了海港。阿基米德眼见祖国危急，开始废寝忘食地研发各种御敌武器。

阿基米德利用杠杆原理制造了一种叫"石弩"的抛石机，能把巨大的石块抛向罗马军队的战舰。他还发明了多种其他武器，来阻挡罗马军队的前进。据说，

阿基米德发明的抛石机

当时他造了巨大的起重机,可以将敌人的战舰吊到半空中,然后重重地抛下。

有一天,叙拉古城遭到了罗马军队的偷袭,而叙拉古城的青壮年和士兵们都上前线去了,城里只剩下了老人、妇女和孩子,形势万分危急。于是,阿基米德让妇女和孩子们都拿出家中的镜子一起来到海岸边,让镜子把强烈的阳光反射到敌舰的主帆上。当千百面镜子的反光聚集在船帆上的一点时,船帆燃烧起来了,大火趁着风力,越烧越旺。罗马人不知底细,以为天神发怒,都心惊胆战地逃跑了。

罗马军队的将军马塞拉斯不得不承认："这是一场罗马舰队与阿基米德一人的战争"，"阿基米德是神话中的百手巨人"。

3. "不要动我的图！"

公元前212年，由于寡不敌众，叙拉古城陷落。罗马士兵冲进城里，阿基米德依然在聚精会神地研究几何问题。在一位罗马士兵砍下阿基米德的头之前，他说的最后一句话是："不要动我的图！"

士兵与阿基米德

阿基米德开窍金句

1. 给我一个支点，我就能撬动整个地球！

2. 即使对于君主，研究学问的道路也是没有捷径的。

3. 这个世界上最珍贵的不是"得不到"和"已失去"，而是"已拥有"。

4. 放弃该放弃的是无奈，放弃不该放弃的是无能，不放弃该放弃的是无知,不放弃不该放弃的是执着。

5.如果能够用享受寂寞的态度来考虑事情,在寂寞的沉淀中反省自己的人生,真实地面对自己,就可以在生活中找到更广阔的天空,包括对理想的坚持、对生命的热爱和一些生活的感悟。

哥白尼

——如何用"康姆剃刀"发现未知世界的规律?

　　哥白尼在人类科学发展史上有着划时代的意义。他改变了人们的宇宙观和认识论。哥白尼提出的日心说体现了真正的科学思维方式:科学的目标,本来就在于透过多样、复杂、变化的现象,看到背后单纯、简洁、恒定的本质。只有在科学精神、科学思维的引导下,人类科学才能产生真正的进步。本章我们将探索哥白尼开窍智慧背后的神秘机制。

哥白尼像

哥白尼伟大成就

说起哥白尼，几乎所有人都认为他是一位天文学家，而不知道他也是一位出色的经济学家、卓越的医生、成功的律师、资深的神学家和充满智慧的军事家。

哥白尼40岁时提出了日心说，从而改变了人类对自然和宗教的看法。当时罗马天主教廷认为他的日心说违反《圣经》，要求他悔改，但是他仍然坚信日心说。在哥白尼看来，上帝创造的宇宙一定是按照最简洁、最完美的方式来运行的，行星围绕着太阳转才是最合理的宇宙运行方式。

经过长年的观察和计算，哥白尼在暮年时最终完成了他的伟大著作《天体运行论》。1543年5月24日，哥白尼去世，享年70岁。

哥白尼传奇人生

1473年2月19日，哥白尼出生于波兰维斯瓦河畔托伦市的一个富裕家庭。他的父亲既是富商，又是议员。哥白尼10岁的时候，他的父亲去世，他被送到舅舅卢卡斯大主教家中抚养。卢卡斯是一名人文主义学者，他的人文素养和科学精神对哥白尼起到了很好的教育作用。

1491年，哥白尼18岁时，就读于波兰的克拉科夫大学。尽管哥白尼的专业是医学，但是他在大学期间对天文学产生了浓厚的兴趣。哥白尼爱好天文观测，醉心于研究浩瀚无边的星空。大学期间，他曾利用学校的"捕星器"和"三弧仪"观测过月食，并做了很多天文观测记录。

1496年，23岁的哥白尼来到文艺复兴的发源地意大利，在博洛尼亚大学和帕多瓦大学攻读法律、医学和神学。博洛尼亚大学的天文学家德·诺瓦拉对哥白尼影响极大。在他那里，哥白尼学到了天文观测技术以及希腊的天文学理论。

哥白尼从克拉科夫大学尚未毕业，就在舅舅的安排下到意大利学习"教会法"了。他在意大利北部的波伦亚大学学习"教会法"，同时努力钻研天文学。在这里，他结识了当时知名的天文学家多米尼克·玛利亚，同他一起研究月球理论。他开始用实际观测来揭露托勒密学说和客观现象之间的矛盾。

1497年3月9日，哥白尼和玛利亚一起进行了一次著名的观测。那天晚上，夜色清朗，繁星闪烁，一弯新月挂在太空。他们站在圣约瑟夫教堂的塔楼上，观测"金牛座"的亮星"毕宿五"，看它怎样被逐渐移近的蛾眉月所掩盖。当"毕宿五"和月亮还有一些缝隙的时候，"毕宿五"很快就隐没起来了。他们精确地测定了"毕宿五"隐没的时间，计算出确切的数据，证明那一些缝隙是月食的部分，"毕宿五"是被月亮本身的阴影所掩盖的，月球的体积并没有缩小。哥白尼把托勒密的"地心说"打开了一个缺口。

1500年，由于经济困难，哥白尼到罗马去担任数学教师。第二年夏天，哥白尼回国，后因取得教会的资助，又到意大利的帕都亚学医。

1503年，哥白尼在法腊罗大学取得教会法博士学位。

1506年，哥白尼结束了在意大利十年留学的生活，回到祖国。

哥白尼成年后的大部分时间是在教堂当一名教士。

他并不是一位职业天文学家，他的伟大著作是在业余时间完成的，这更加让我们对这位巨匠肃然起敬。

1541年，在经过了长期的修改完善之后，哥白尼最后下定决心，抗住教会的压力，将他的著作《天体运行论》出版。

1543年5月24日，垂危的哥白尼在病榻上终于收到了出版商从纽伦堡寄来的《天体运行论》样书。随后，一代巨匠带着满足的微笑与世长辞。

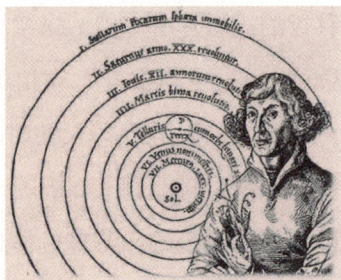

哥白尼与天体运行论

哥白尼的日心说刷新了人们的宇宙观。作为欧洲文艺复兴时期的一位巨人，他用惊人的精力去研究天文学，为后世留下了宝贵的精神遗产。歌德这样评价哥白尼的天文学贡献："哥白尼的学说撼动人类精神之深，自古以来没有任何一种发现、任何一种创见可与之相比。"当地球被迫要放弃"宇宙中心"这一尊号时，还几乎没有人知道它本身就是一个自足的球体。

或许,人类还从未面临过这样大的挑战,因为如果承认这个理论,无数事物就将灰飞烟灭了!谁还会相信那个清纯而又浪漫的伊甸园呢?感官的证据、充满诗意的宗教信仰还有那么大的说服力吗?难怪与他同时代的人不愿听凭这一切白白逝去,而要对这一学说百般阻挠。

哥白尼开窍故事:一个小男孩的"天问"

公元 1485 年夏天的一个夜晚,浩瀚星空下,一名 12 岁的小男孩和他德高望重的老师一边看着满天的星星,一边聊着天。突然间,他俩似乎为了什么事情吵了起来。男孩质疑:"沃德卡老师,火星、土星都是天上的星星,他们与匈牙利皇帝卡尔温毫无关系,怎么能预示人的祸福呢?""怎么不能呢?"老师严肃地反问道,"星命决定一切,占星术可是几千年来高深的学问呀!"男孩反驳:"如果是这样,那人的意志去哪儿了?人的意志和天上的星星又有什么关系呢?为什么这一切如此复杂纠结,有没有更简单的方式呢?"这个敢于质疑权威的小男孩,就是后来改变人类宇宙观的大科学家、现代天文学的开拓者、划时代巨著《天体运行论》的作者——哥白尼。

哥白尼开窍智慧：用"康姆剃刀"发现宇宙规律

在哥白尼提出"日心说"之前，"地心说"的宇宙观在欧洲一直居于统治地位。在古代欧洲，亚里士多德和托勒密都主张"地心说"，认为地球是静止不动的，其他星体都围着地球这一宇宙中心旋转。这是只凭肉眼做出的表面观察。太阳东升西落，所以当时的人们直观地认为太阳围绕着地球转。例如，托勒密就认为：地球处于宇宙中心静止不动；从地球向外，依次有月球、水星、金星、太阳、火星、木星和土星，在各自的圆形轨道上绕地球运转。

哥白尼的价值在于，他打破了科学史上只靠主观视觉就得出结论的简陋研究方式，开启了真正深入探查主观事实与客观事实之间的深刻关系，并力图把这种关系用最简洁的方式呈现出来的研究方式。从哥白尼开始，人们发现自己肉眼所看到的东西并不一定是真的，就像我们看到地球不动，而地球实际在运动一样。而且，可见世界可能只占实在世界的极小一部分。可见世界与实在世界之间的距离越来越大，以至于后来哥白尼的追随者迪格斯终于把"封闭的世界"（cosmos）拓展为"无限的宇宙"（universe）。

今天我们站在科学史角度看，哥白尼提出的"日心说"有什么用处吗？它虽然不能让汽车更省油，也不能让粮食更高产，但是它是人类探索自然界奥秘、不断追求和认识真理的一个巨大进步。人类之所以能成为宇宙的精华、万物的灵长，就是因为人类有着不屈不挠探索未知世界奥秘的本性，正是这种本性让人类社会产生了科学。

科学是人类认识世界众多方式中的一种。为什么科学能够吸引最多的注意力，获得最多的认可和支持？因为科学有严格的标准——可解释、可重复、可预测。

科学的价值在于抛开表面，进行深入挖掘，其目标在于探索自然规律的普遍特性。这就不得不提到人类科学史上的一个著名原理——"康姆剃刀"。

　　"康姆剃刀"，也称为"奥卡姆剃刀"。康姆是一个地方的名字。14世纪英格兰的康姆，有一个名叫威廉的人，博学多才，曾被称为"驳不倒的威廉"。他研究了人类的科学发展史，并最终总结出规律："如无必要，勿增实体。"也就是说，如果没有必要，不要增加什么东西。今天看来，这一规律可以总结为"简单即有效原理"。科学发展史上大量的证据证明：越是简洁的东西，往往越接近真理。如果你的结论太过于复杂，那么，一般来讲离真理还远。

　　自从威廉提出这一理论之后，这把"剃刀"就切开了几百年间争论不休的经院哲学和基督神学，使科学和哲学从宗教中彻底分离出来，引发了始于欧洲的文艺复兴和宗教改革。经过数百年的"磨砺"，"康姆剃刀"越来越锋利，并早已超越了本来狭窄的领域而走向广阔的天地。

　　大科学家爱因斯坦认为："我不相信上帝创造世界是用一摞摞厚厚的物理书，应该就是一张纸，就是几条最简单的规律。从古至今，物理学一直追求的，就是这几条最简单的规律。"为什么要将复杂变简单呢？

因为复杂容易使人迷失,只有简单化后才利于人们理解和操作。不仅是人类的认知,整个宇宙都是按照简单法则运行的。这种大道至简的思想,在中国古代哲学思想中也有着朴素的体现:天下难事,必作于易;天下大事,必作于细。

对于科学领域而言,"康姆剃刀"原理可以表述为:当有两个或多个处于竞争地位的理论都能得出同样的结论,那么简单的那个更好。对于各种自然现象,简单的解释往往比复杂的解释更正确。换句话说,需要最少假设的解释最有可能是正确的。通俗地讲,"康姆剃刀"原理也称为"吝啬定律"。简单性以及科学美是始终贯穿在科学(尤其是天文学)发展历程中的科学原则和规律。真正能让你感受到美的,一定是简单的。

哥白尼提出日心说,正是基于"康姆剃刀"思维方式。哥白尼自始至终都是一位虔诚的天主教徒,他相信上帝创造宇宙万物一定是按照更简单、更和谐、更美观的原则。如果地球是宇宙的中心,太阳围绕着地球转,那么整个宇宙系统就太复杂了。如果地球和其他行星围绕着太阳转，那么，整个宇宙就会变得更和谐、更简洁、更美观。尽管哥白尼把这一切归于上帝创造还属于宗教体系，但是他的这种"剃刀"精神恰恰符合了科学发展的规律。

在人类科学发展历程中，除了爱因斯坦，还有三位著名的科学巨匠，也分别发表过"剃刀"言论——

亚里士多德："在用很少就可以完成的地方却用了很多，是无谓的。"

牛顿："除了那些真实而有效的原因之外，不需要更多的其他原因。自然界不做无效的努力，只要少做一点就成了，多做反而无益；因为自然界喜欢简单化，不爱用什么多余的原因来夸耀自己。"

普朗克："只要物理学存在，其最迫切的目的就是，将迄今所观察到的或者将来必然观察到的所有自然现象都归纳到唯一的简单原理之中。所谓唯一的原理，必须是能够由现在的过程计算和推测到过去的，特别是将来的过程的原理。"

可见，从古至今，顶尖的科学家们都持有同样想法，就是希望用简洁、和谐的定律去解释自然界的复杂现象，从而帮助我们解决从自然到社会，乃至哲学、人文各个领域、各种各样的问题。

哥白尼就是这样，在数十年的天文观测中，他想知道在另一个运行着的行星上观察别的行星的运行情况会是什么样的。年复一年的观察和思考，使这一设想在他脑海里变得清晰起来。在一年时间里，哥白尼在不同的时间、不同的距离从地球上观察行星，发现每一个行星的运行情况都不相同。这时他意识到，地球不可能位于行星轨道的中心。

经过 20 多年的观测，哥白尼发现唯独太阳的周年变化不明显。这意味着地球和太阳的距离始终没有改变。他立刻想到如果把太阳放在宇宙的中心位置，那么地球就该绕着太阳运行。这样他就可以取消所有的小圆轨道模式，直接让所有的已知行星围绕太阳做圆周运动。

哥白尼逐个解决了猜想中的数学问题后，就把它变成了科学学说——一种可以用来做预测的学说。对天体观察结果进行检验并与地球是宇宙中心的旧学说进行比较，就会发现哥白尼学说的重大意义。

哥白尼的"日心说"改变了人类对宇宙的认识，冲破了中世纪的神学教条，被恩格斯誉为"自然科学的独立宣言"。天文学由此脱离神学，率先跨进了近代科学的大门。

"康姆剃刀"如何应用到我们的学习和工作中？其原始的拉丁文是这样四句话：

Numquam ponenda est pluralitas sine necessitate.

（避重趋轻）

Pluralitas non est ponenda sine necessitate.

（避繁逐简）

Frustra fit per plura quod potest fieri per pauciora.

（以简御繁）

Entia non sunt multiplicanda praeter necessitatem.

（避虚就实）

大道至简，天下难事必作于易。在我们的日常学习和工作中，常常听到这样的抱怨："感觉整天在忙，但又不知道到底干了什么。""一天都过去了，很多事情还没完成。""事情很杂乱，根本就不清楚如何入手。"一大堆杂事铺天盖地，看似很重要的事情都不清楚怎么入手。这是由于不懂得时间的合理分配。我们需要使用"康姆剃刀"来削切：怎么分清时间的有效或者无效？怎么区分学习任务的轻重缓急？如何把多余的枝条削掉，保留主干？

如何在学习和工作中真正用好"康姆剃刀"的开窍智慧？

第一，尽早找到自己在学习上的优势领域，按照优势领域来规划自己的人生蓝图。现代社会的分工性日趋突显，一个人必须要认清自己的优势和弱项，要么拼命加长长板，要么努力补齐短板，必须要有所取舍，面面俱到往往一事无成。

第二，每次集中精力做一件事，不要"眼观六路，耳听八方"。大脑是单线程运行的，所以同时关注很多方面往往顾此失彼。学习就是要锁定一个方面，集中全部精力进行深挖狠挖。所谓专注，就是一次只做一件事。

第三，平时养成简洁的做事习惯。简洁精练的语言是认识能力和思维能力高超的表现。说话要"结论先行，以上统下，归类分组，逻辑递进"。话语的简洁常常体现出说话人分析问题的快速与深刻。简洁精练的语言是果敢决断的性格表现。

第四，在时间管理上分清轻重缓急。

1. 重要又紧急的事情马上做。这一类事情具有时间的紧迫性和影响的重要性，无法回避也不能拖延，必须首先处理、优先解决。但是注意，如果你总是有紧急又重要的事情要做，说明你在时间管理上存在问题。对于重要又紧急的事情，当下是抓紧做，长期是

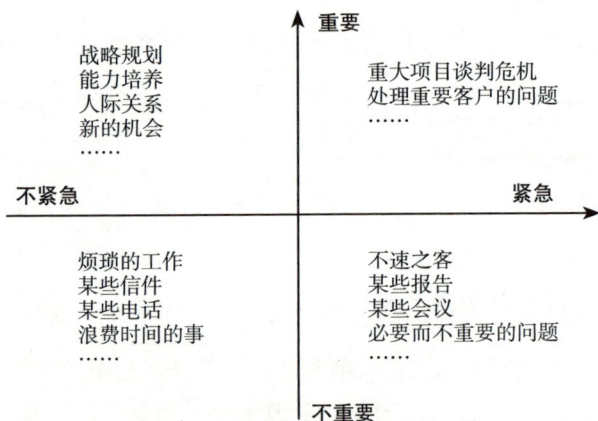

时间管理四象限法则

设法减少它。

2. 重要不紧急的事情计划做。这一部分工作会为以后的发展起到重要的积累作用，所以平时要尽早做好计划，这样才能在时间紧张的时候减少这一部分的工作量。

3. 不重要但紧急的事情授权做。对于紧急但不重要的事情的处理原则是授权，将工作进行分类，然后将同类的工作合并处理。可以将多项工作指派一人而不是多人完成，这样可以减少耗费在工作沟通和整合上的时间。

4. 不重要不紧急的事情减少做。不重要也不紧急的事情尽量少做。例如发呆、玩手机、聊天、打牌等。

"康姆剃刀"是我们学习和工作中的一个重要工具。当你剃掉了多余的累赘，你才真正能够健步如飞，甚至如虎添翼。

哥白尼在进行天文演算

哥白尼开窍金句

1. 人的天职在于勇于探索真理。

2. 我们必须睁开双眼，面对事实。

3. 在许多问题上我的说法跟前人大不相同，但是我的知识得归功于他们，也得归功于那些最先为这门学说开辟道路的人。

4. 我愈是在自己的工作中寻求帮助，就愈是把时间花在那些创立这门学科的人身上。我愿意把我的发现和他们的发现结成一个整体。

牛顿

——如何用"**上位思维**"获得全知视角？

扫一扫　看视频

1727年，牛顿以85岁高龄过世。诗人亚历山大·波普为他写下了这段墓志铭："自然与自然的定律，都隐藏在茫茫黑暗之中。上帝说：'让牛顿出现吧！'于是，一切变为光明。"这段话突显出当时的人们对牛顿的推崇之情。

同样看到苹果落地，有人抱怨自己被砸，有人发现万有引力。本章我们为你分享牛顿开窍智慧背后的"上位思维"方式，并手把手教你如何使用"上位思维"获得全知视角，轻松解决问题，在学习和考试中无往而不利。

牛顿像

牛顿伟大成就

牛顿率先提出了万有引力和三大运动定律。这些定律奠定了后世经典物理学的基础，并成为现代工程学的出发点。牛顿通过论证开普勒行星运动定律与他的引力理论间的一致性，展示了地面物体与天体的运动都遵循着相同的自然定律，这为哥白尼的"日心说"提供了强有力的理论支持，并推动了科学革命。

在力学上，牛顿阐明了动量和角动量守恒的原理，提出牛顿运动定律。在光学上，他发明了反射望远镜，并基于对三棱镜将白光发散成可见光谱的观察，发展出颜色理论。他还系统地表述了冷却定律，并研究了音速。

在数学上，牛顿与莱布尼茨分享了微积分学的荣誉。他还证明了广义二项式定理，提出了"牛顿法"以趋近函数的零点，并为幂级数的研究做出了贡献。

在经济学上，牛顿提出金本位制，即以黄金为本位币的货币制度。

尽管牛顿一生成就巨大，可他总是谦虚地说自己

"之所以比别人看得远些"，只是因为"站在巨人的肩上"。

牛顿传奇人生

1643 年 1 月 4 日，牛顿出生于英格兰林肯郡乡下的一个小村子。由于早产的缘故，新生的牛顿十分瘦小。他的母亲汉娜·艾斯库曾说过，牛顿刚出生时小得可以把他装进一夸脱的马克杯中。由于牛顿出生之前父亲就已经去世，当牛顿 3 岁时，他的母亲改嫁并住进了新丈夫的家，并把牛顿托付给了他的外祖母。

1648 年，牛顿被送去读书。少年时的牛顿并不是神童，他成绩一般，但喜欢读书，尤其喜欢看一些介绍各种简单机械模型制作方法的读物。牛顿小时候经常自己动手制作些奇奇怪怪的小玩意，如风车、木钟、折叠式提灯等。

传说小牛顿把风车的机械原理摸透后，自己制造了一架磨坊的模型。他将老鼠绑在一架有轮子的踏车上，然后在轮子的前面放上一粒玉米，那地方刚好是老鼠可望而不可即的位置。老鼠想吃玉米，就不断地跑动，于是轮子不停地转动。

牛顿还制造过一个小水钟，每天早晨，小水钟会自动滴水到他的脸上，催他起床。他还喜欢绘画、雕刻，尤其喜欢刻日晷，家里墙角、窗台上到处安放着他刻画的日晷，用以验证日影的移动。

1654年，牛顿到离家十几公里的金格斯皇家中学读书。牛顿的母亲原希望他成为一个商人，但牛顿本人无意于此，因为他最爱的是读书。随着年龄的增长，牛顿越发爱好读书，喜欢沉思，以及做科学小实验。他在金格斯皇家中学读书时，曾经寄宿在一位药剂师家里，这使他受到了化学实验方面的熏陶。

从12岁左右到17岁，牛顿都在金格斯皇家中学学习，在该校图书馆的窗台上还可以看见他当年的签名。1661年6月3日，牛顿进入剑桥大学的三一学院。当时，三一学院的教学内容以亚里士多德的学说为主，但牛顿更喜欢阅读笛卡尔等现代哲学家以及伽利略、哥白尼、开普勒等天文学家的一些著作。1665年，他发现了广义二项式定理，并将其发展为一套新的数学理论，也就是后来为世人所熟知的微积分学。1665年，牛顿获得了学位，而此时大学为了预防伦敦大瘟疫而关闭了。在此后两年里，牛顿在家中继续研究微积分学、光学和物理学。

家乡安静的环境使牛顿可以不受打扰地进行科学研究。这两年短暂而美好的时光成为他科学生涯中的黄金岁月。他在自然科学领域内任意驰骋，无限挥洒他超人的才华与智慧，大胆思考前人从未思考过的问题。牛顿著名的"苹果落地"的故事就是在这段时间发生的。

青年牛顿

1667年，瘟疫结束后，牛顿返回剑桥大学，10月1日被选为三一学院的仲院侣，翌年3月16日获得硕士学位，同时成为正院侣。1669年10月27日，巴罗为了提携牛顿而辞去了教授之职，于是年仅26岁的牛顿晋升为数学教授，并担任卢卡斯讲座的教授。巴罗让贤，这在科学史上一直被传为佳话。牛顿晚年患有膀胱结石、风湿等多种疾病，于1727年3月30日深夜在伦敦去世。为纪念牛顿，后世科学界用他的名字来命名物理学上力的单位。

牛顿开窍故事：苹果落地

牛顿"苹果落地"的故事与爱因斯坦"三个小板凳"的故事一样，都是人类科学史上极有智慧含量的"金故事"。

同样看到苹果落地，为什么有人只会抱怨自己被砸到，有人却能发现万有引力？

牛顿看到苹果落地

下面我们就来看看"苹果落地"的故事及其背后"上位思维"的开窍智慧。

秋季的一天晚上，牛顿坐在自家院中的苹果树下苦苦思索行星绕日运动的原因。一个苹果突然落下来，差点砸到牛顿头上，把他吓了一跳。牛顿端详着掉到地上的苹果，觉得很奇怪："这个苹果为什么会掉下来呢？"

接下来，他一边设想，一边试图寻找答案：

（1）苹果为什么掉到地球上，而不是飞到月球上？

（2）一旦苹果树无限高，离月球更近，苹果往哪里去？

第一个问题："苹果为什么掉到地球上，而不是飞到月球上？"我敢说，除了大科学家牛顿之外，几乎不会有人提出如此"天真"的问题，甚至很多人会嘲笑他——多么"愚蠢"的问题，苹果掉到地上，当然是因为苹果有重量。

其实，真正的愚蠢者是绝不会去探求自然界的本质的，愚蠢的本质就是从来对任何现象都不感到奇怪，都觉得不证自明、不言而喻，一辈子在自欺欺人中"无师自通"。

从人类科学发展的角度讲，"天真"是人类科学进步的第一推动力。一个人不"天真"，也就丧失了科学研究的兴趣。1+1=2，为什么不等于3？这样天真的问题，你小时候问过吗？但是牛顿小时候问过，达尔文小时候问过，爱因斯坦小时候问过。母鸡趴在鸡蛋上能孵出小鸡，人趴在鸡蛋上是否也能孵出小鸡？

你试过吗？爱迪生试过。天上打雷是老天的震怒还是云彩带电，你试过吗？富兰克林试过。重的物体和轻的物体哪个落地更快，你试过吗？伽利略试过。所以，牛顿的问题提错了吗？当然没有。一个如此精彩的思考，为何要遭到嘲笑呢？

我们再回到牛顿的"天真"问题。牛顿对第一个问题的回答似乎更加令人"匪夷所思"了。牛顿得出的结论是"因为苹果距离地球近，距离月球远"。这种答案会让那些自以为聪明的傻瓜们笑得更加放肆："什么远近，就是因为苹果有重量。"傻瓜之所以一事无成，就是因为他们一再坚持错误而愚蠢的观点。

牛顿的答案错了吗？当然没有。非但没有错，而且非常具体。如果说看到苹果落到地面而不是飞去月球，就已经做到了常人难以做到的，那么牛顿给出的答案已经深入到了真理的第二步：具体。列宁曾经说过："真理都是具体的，没有抽象的真理。"毛泽东说过："具体问题具体分析是马克思主义活的灵魂。"笔者再次郑重地告诉大家：凡事一定要具体、具体、再具体。笼统是思维最大的误区！苹果就是距离地球近，距离月球远，这一结论已经非常具体。

牛顿对这个具体答案进行了进一步思考，从而产生了划时代的伟大设想——要是苹果树一旦长得更高，直到距离月球更近，距离地球更远，苹果会往哪里去呢？这真是一个划时代的、深刻的、伟大的设想。

我们知道，太空中没有"上""下"的概念。所以牛顿判断：如果苹果距离月球更近，它就一定会掉到月球上。牛顿从苹果落地这一很多人看起来是"理所当然""不证自明""不言而喻"的现象中找到了苹果落地的原因——不是重量，而是引力。两个物体之间存在一种看不见的神奇力量，这种神奇力量拉着苹果落到地球上，正像地球拉着月球围绕地球运动一样。从此，人类自然科学史上几乎是最伟大的定律——万有引力定律——被牛顿发现。

牛顿开窍智慧：用全知视角开辟全新领域

数百年后，我们站在历史的高度，再次反观牛顿的"开窍"过程，就会发现：牛顿之所以能拥有"全知视角"来看待问题，是因为他的"上位思维"。所谓"上位思维"，就是有意识地一次次抬高、升华自己现有的思维结果，不断地往上一个位置进军。

上位思维的好处就是能让你的思维赢在更高境界上。其实，"三个小板凳"（爱因斯坦）、"精神助产术"（苏格拉底）、"穷极追问"（达尔文）、"换轨思维"（爱迪生）等世界巨匠的思维方式，本质上都是一种上位思维。

只有"上位思维"，才能让人获得"全知视角"。

下面我以高考作文为例，来给大家分析如何用"上位思维"让自己的作文得高分。笔者连续23年参加高考语文作文阅卷，深知阅卷老师的评卷标准。在考场上，应如何写一篇让老师拍案叫绝的作文呢？

高考作文阅卷的第一步是划分等级，然后按照等级打分。如何让自己的作文达到"一等卷"标准？需要我们按照"上位思维"的方式，把"一等卷"调整到"特等卷"标准。取法乎上，得乎其中。请注意，调整标准并没有提高要求，只是改换了思考问题的角度，非但没有提升难度，反而是用可以操作的方式降低了难度。

一等卷标准	特等卷标准
符合题意 ⟶	切合题意
中心突出 ⟶	中心升华
内容充实 ⟶	内容饱满
思想健康 ⟶	思想高尚
感情真挚 ⟶	感情震撼
符合文体 ⟶	文体鲜明
结构完整 ⟶	结构考究
语言流畅 ⟶	语言优美
字迹工整 ⟶	字迹美观

下面我们具体问题具体分析：

1. 符合题意 ⟶ 切合题意

符合，指的是表面上合适。两张纸放到一起，大小一样，谓之"符合"。切合，指的是本质上合适。探查到事物深处，切开再整合，谓之"切合"。例如，钻石看起来和玻璃一样，这叫符合，但是二者在本质上大相径庭。钻石看起来和石墨大相径庭，但是二者的分子结构在本质上一样（同素异形体），这叫切合。假设以"规矩"为题，让你写一篇考场作文。作为考生，你怎么破题呢？你要是写"遵守规矩如何重要""没有规矩不成方圆"等，那就叫"符合题意"，但一定是千人一面、毫无新意。如果你的破题采用"上位思维"，把"符合"上升到"切合"，你就会把"规矩"切开：

规矩这一"元素"本质上由四个"原子"组成：规约—规定—规则—规范。

第一步是规约。既然要"约"，那就是双方共同参与、平等协商。大家平等协商，把这件事定下来，就是规定。把规定分成条目予以细化，就是规则。有了规则，就有了执行的标准，然后这种执行的效果就是规范。

如果再继续往下切，你就会发现：

规约—规定—规则—规范

↓

协商—遵守—具体—表现

↓

平等—赞成—细节—效果

如此，层层深入破题，切中命题要害，阅卷老师看了你的作文自会眼前一亮、心头一震,你想不得高分都难。

2. 中心突出 ——→ 中心升华

突出是物理变化,升华是化学变化。

突出是从外部捏出来的,升华是从内部生出来的。

3. 内容充实 ——→ 内容饱满

充实是从外边往里塞,饱满是从里面往外长。

充实,只能表明生活丰富;饱满,能够彰显生命价值。

4. 思想健康 ——→ 思想高尚

健康是及格水平,高尚是优秀水平。

健康,靠的是时时勤拂拭,莫使惹尘埃;高尚,指的是原本就无一物,何处惹尘埃。

5. 感情真挚 ——→ 感情震撼

真挚,是不虚不假、情真意切;震撼,是醍醐灌顶、振聋发聩。

真挚,靠的是真实和恳切;震撼,凭的是铺垫和转折。

6. 符合文体 ——→ 文体鲜明

符合是表里一样，鲜明是特征突出。

符合，效果是称心如意；鲜明，价值在旗帜高扬。

7. 结构完整 ——→ 结构考究

完整是不缺不少，考究是精益求精。

完整的结构是"总—分—总"，考究的做法是"凤头—猪肚—豹尾"。

8. 语言流畅 ——→ 语言优美

流畅是不阻不隔，优美是熠熠生辉。

流畅，靠的是文从字顺；优美，靠的是字斟句酌。

再强调一遍，按照"上位思维"的办法，把作文的标准由"一等卷"标准升华为"特等卷"标准，用"全知视角"从更高的境界和角度切入，才能真正写出一篇让老师拍案叫绝的"状元卷"。

牛顿开窍智慧延伸阅读

1. 吹肥皂泡的疯老头

牛顿搬进一幢新楼以后，开始研究光线在薄面上是怎样反射的。他每天都在读书、思考。早上起床穿衣服，突然想到了研究中的问题，他就像被定身法定住了一样，呆住了，然后开始实验或工作，所以他时常穿错了袜子或者在夏天穿上秋天的衣服。"太阳光是最好的光源，肥皂泡是最理想的薄面，太阳光照到上面，它为什么会变得五颜六色呢？"牛顿穷思极想。他提着一桶肥皂水走到院子里，吹起了肥皂泡。你看，他那两只眼睛直盯着飘来飘去的肥皂泡，一个泡破了，又吹一个，从太阳一出来他就吹，一吹就是几个小时。邻居家的小孩子从楼窗上伸出头来，冲他叫："疯老头！你一只脚没穿袜子！"之后人们才明白这疯老头就是英国皇家学会的研究员，他吹肥皂泡是在研究学问，不禁对他肃然起敬了。

2.万有引力和光的秘密

牛顿23岁时，伦敦爆发鼠疫。剑桥大学为防止学生受传染，让学生休学回家避疫。牛顿回到故乡林肯郡乡下。在休学的日子里，他从没间断过学习和研究。那时，乡下的孩子常常用投石器打几个转转之后，把石头抛得很远。他们还能够把一桶牛奶用力从头上转过，而牛奶一点不会流出来。为什么会发生这些现象？牛顿开始思考。他从浩瀚的宇宙、周行不息的行星、广寒的月球，想到所处的地球，进而想到这些庞然大物之间力的相互作用。这时，牛顿就一头扎进"引力"的计算和验证中了。牛顿计划用这个原理验证太阳系各行星的运行规律。他首先推求月球距地球的距离。由于引用的资料数据不正确，计算的结果错了。在失败的困境中，牛顿毫不灰心和气馁。经过了整整7个年头，到30岁时，牛顿终于把举世闻名的"万有引力定律"全面证明出来。

这一时期牛顿还对光学进行了研究，发现了颜色的根源。有一次，他在用自制望远镜观察天体时，无论怎样调整镜片，视点总是不清楚。他想，这可能与光线的折光有关。于是，他在暗室的窗户上留一个小圆孔用来透光，在室内窗孔后放一个三棱镜，在三棱镜后挂好白屏，以承接透过三棱镜折进的光。结果出人意料，牛顿惊异地看到，白屏上所承接的折光呈椭圆形，两端现出多彩的颜色来。对于这个奇异的现象，牛顿进行了深入的思考，最终得知光受折射后，太阳的白光会分解为红、橙、黄、绿、蓝、靛、紫七种颜色。因此，白光（阳光）是由红、橙、黄、绿、蓝、靛、紫七色光线汇合而成的。自然界雨后天晴，阳光经过天空中雨滴的折射、反射，形成五彩缤纷的虹霓，正是这个道理。经过进一步研究，牛顿指出世界万物之所以有颜色，并非因其自身有颜色，而是因为太阳普照万物，各物体只吸收它们所理解的颜色，而将它们所不能理解的颜色反射出来。这反射出来的颜色就是人们见到的各种物体的颜色。这一学说准确地道出颜色的根源。至此，之前所出现的各种颜色学说都被推翻。

3. 在暴风中研究和计算风力

牛顿 16 岁时所掌握的数学知识还很肤浅，他下决心靠自己的努力攀上数学的高峰。他从基础知识、基本公式重新学起，扎扎实实、步步推进。他研究完欧几里得几何学后，又研究笛卡尔几何学，随之发明了代数二项式定理。

相传有一天，刮着暴风，尘土飞扬，使人难以睁眼。牛顿认为这是个准确研究和计算风力的好机会。于是，便拿着工具，独自在暴风中来回奔走。他跟跟踉踉，吃力地测量着。沙尘几次迷了眼睛，大风几次吹走了算纸，有几次甚至使他不得不暂停工作，但都没有动摇他求知的欲望。他一遍又一遍，最后求得了正确的数据。他快乐极了，急忙跑回家去，继续进行研究。

有志者事竟成。经过勤奋学习、深入研究，牛顿在 22 岁时创立了微分法，在 23 岁时创立了积分法。

4. 篱笆下的乐趣

牛顿小的时候，母亲希望他能成为商人，每天一早，就派他跟一个老仆人到十几里外的镇上去做买卖。牛顿不喜欢经商，把一切事务都交托老仆人代办，自己却偷偷跑到一个篱笆下读书。这样，日复一日，篱笆下的读书生活倒也其乐无穷。一天，他正在篱笆下兴致勃勃地读书，正巧被路过的舅舅看见。舅舅看到牛顿读的是数学书，上面画着种种记号，深受感动。回到家里后，舅舅竭力劝说牛顿的母亲，让牛顿弃商就学。在舅舅的帮助下，牛顿如愿以偿地复学了。

5.一丝不苟的学风

牛顿辛辛苦苦算出"万有引力定律"后，并没有急于发表，而是继续研究了数年。其间，天文学家哈雷在证明行星轨道规律遇到困难时，专程登门请教牛顿。牛顿把自己计算"万有引力"的书稿交给哈雷看。哈雷才明白他所要请教的问题，正是牛顿早已解决、早已算好了的问题，心里钦羡不已。1684年11月某天，哈雷再一次拜访牛顿。当谈到有关天文学的学术问题时，牛顿拿出写好的论证"万有引力"的论文请哈雷提意见。哈雷看后，欣喜地对牛顿说："这真是伟大的论证、伟大的著作！"他再三奉劝牛顿尽快发表这部伟大著作，以造福人类。但是牛顿没有轻易地发表，而是经过长时间的反复验证和计算，确认正确无误后，才于1687年将《自然哲学的数学原理》发表于世。牛顿是个十分谦虚的人，从不自高自大。以前有人问牛

—生爱钻研科学的牛顿

顿："你获得成功的秘诀是什么？"他说："假如我有一点微小成就的话，没有其他秘诀，唯有勤奋而已。"

6.被迫辍学的"小书迷"

牛顿小的时候，是个十足的"小书迷"。有一回，母亲让他赶马送麦子去另外一个村子。在回来的路上，牛顿觉得任务已经完成，便一边牵着马一边拿出书，边走边看。走了很长一段路后，牛顿回头一看，马不见了，可是缰绳还在自己手里。牛顿赶忙到处寻找，仍然见不到马的影子。这下子真麻烦了，马可是家里最重要的"劳动力"，如果没了马，简直就是断了活路。天渐渐地暗下来，满头大汗的牛顿怀着惴惴不安的心情，拖着沉重的脚步回到家中。推开院子大门一瞧，马正在棚子里津津有味地吃着草料。原来牛顿只顾着看书，马嚼子松开了，他根本没有感觉到。但是老马识途，马很快就独自跑回家了。牛顿看到马回到了家里，一颗悬着的心终于落了地。

牛顿的科学方法

1."实验—理论—应用"法。牛顿曾说："哲学的全部任务看来就在于从各种运动现象来研究各种自然之力，而后用这些方法论证其他的现象。"科学史家科林指出，牛顿"主要是将实际世界与其简化数学表示反复加以比较"。牛顿是从事实验和归纳实际问题的巨匠，也是将其理论应用于天体、流体、引力等实际问题的能手。

2."分析—综合"法。分析是从整体到部分（如微分、原子观点），综合是从部分到整体（如积分，也包括天与地的综合、三大运动定律的建立等）。牛顿曾说："在自然科学里，应该像在数学里一样，在研究困难的事物时，总是应当先用分析的方法，然后才用综合的方法……一般地说，从结果到原因，从特殊原因到普遍原因，一直论证到最普遍的原因为止，这就是分析的方法；而综合的方法则假定原因已找到，并且已经把它们定为原理，再用这些原理去解释由它们发生的现象，并证明这些解释的正确性。"

3."归纳—演绎"法。牛顿从观察和实验出发，用归纳法去做出普通的结论，即得到概念和规律，然后用演绎法推演出种种结论，再通过实验加以检验、解释和预测。这些预言的大部分都在后来得到证实。

4."物理—数学"法。牛顿将物理学范围中的概念和定律都"尽量用数学演出"。爱因斯坦说："牛顿第一个成功地奠定了用公式清楚表述问题的基础，从这个基础出发，他用数学的思维，逻辑地、定量地演绎出范围很广的现象，并且同经验相符合"，"只有微分定律的形式才能完全满足近代物理学家对因果性的要求，微分定律的明晰概念是牛顿最伟大的理智成就之一"。牛顿把他的书称为《自然哲学的数学原理》正好说明了这一点。

牛顿的方法论集中体现在以下四条法则中：（1）简单性原理；（2）因果性原理；（3）普遍性原理；（4）否证法原理（无反例证明者即成立）。

有人还主张把牛顿在下面这段话中的思想称为结构性原理："自然哲学的目的在于发现自然界的结构的作用，并且尽可能把它们归结为一些普遍的法规和一般的定律——用观察和实验来建立这些法则，从而导出事物的原因和结果。"

牛顿开窍金句

1.一个例子比十个定理有效。

2.我之所以比别人看得远些，是因为我站在巨人的肩上。

3.胜利者往往是从坚持最后五分钟的时间中得来成功。

4.我的成就，当归功于精微的思索。

5.没有大胆的猜测就没有伟大的发现。

6.聪明人之所以不会成功，是由于他们缺乏坚韧的毅力。

7.愉快的生活是由愉快的思想带来的。

8.把简单的事情考虑得很复杂，可以发现新领域；把复杂的现象看得很简单，可以发现新定律。

高斯

——如何用"傻瓜模式"让自己走向成功?

如果你能很轻松地把一件别人觉得很难的事做好,你就会喜欢上这件事。天下难事,必作于易;天下大事,必作于细。把"困难模式"转变为"傻瓜模式",会助推你走向成功。人类数学史上最伟大的天才高斯就是这样做的。

本章我们将解读"数学王子"高斯是如何用"傻瓜模式"让自己走向成功的,以及他是如何完成"发现兴趣—培养乐趣—树立志趣"的学习闭环的。另外,我们还会分享全世界公认的最简单有

高斯像

效的"傻瓜学习法"——"费曼学习法"，让每一个学生都能在自尊、自信、自强中成为学霸。

高斯伟大成就

高斯（1777—1855），德国著名的数学家、物理学家、天文学家、几何学家、大地测量学家。天才、早慧、高产、创新、巨匠……人类智力领域内几乎所有褒奖之词，放到高斯身上都不为过。在数学方面，高斯开辟了相当多新领域。从最抽象的代数数论到内蕴几何学，他都建树颇多。高斯的思维方式、研究方法、学术成就，都表明他是数学界的大师级人物。

爱因斯坦曾评价高斯："高斯对于近代物理学的发展，尤其是对于相对论的数学基础所做的贡献，其重要性是超越一切、无与伦比的。"贝尔曾经这样评价高斯："在高斯死后，人们才知道他早就预见了一些19世纪的数学，而且在1800年之前已经期待它们的出现。如果他能把他所知道的一些东西泄漏，很可能比当今数学还要先进半个世纪或更多的时间。"

高斯辞世后，由于他对科学的贡献巨大，后人给予他各种荣誉：磁场的 CGS 制计量单位以高斯来命名；月球上的坑洞以高斯来命名；小行星 1001 被称为"高斯星"；1901 年德国建造了一艘名为"高斯"的科考船，并进行了名为"高斯号远征"的南极探险活动；2007 年，高斯的雕像被移进瓦尔哈拉神殿；德国把高斯的肖像印在了纸币上……

印有高斯头像的德国纸币

高斯传奇人生

高斯于 1777 年 4 月 30 日出生于德国的布伦瑞克。父母都是普通人，家境比较贫困。高斯早年的教育主要得益于他的母亲和舅舅。高斯的舅舅弗利德里希为人热情而又聪明能干，在纺织贸易领域颇有成就。高斯的母亲罗捷雅直到 34 岁才出嫁，生下高斯时已经 35 岁了。她性格坚强，聪明贤惠，富有幽默感。

高斯一生下来，就有着强烈的好奇心，对于不懂的事物和现象一定要弄个水落石出。高斯的父亲是个平庸之人，看不到知识和教育的价值，经常训斥高斯；而母亲总是支持高斯，坚决反对顽固的丈夫把儿子变得跟他一样无知。

罗捷雅欣赏高斯的才华，希望儿子能干出一番伟大的事业。在高斯 19 岁那年，尽管他已取得了许多伟大的数学成就，但罗捷雅仍向数学界的朋友波尔约问道："高斯在数学方面将来会有出息吗？"波尔约说她的儿子将会成为世界上伟大的数学家。她为此激动得热泪盈眶。

　　幼年的高斯就已经表现出过人的聪慧。三岁时便能够纠正父亲的借债账目。高斯的父亲曾经担任一家砖瓦工厂的督工，有一回他要给工人们发薪，小高斯站起来说："爸爸，您算错了。"父亲在众人注视之下重算一遍，结果证实小高斯说的没错。

　　1788 年，11 岁的高斯进入当地小学。在这所学校里，高斯的成绩非常好，尤其是在数学方面更是不断展示出其卓越的天赋。当高斯 12 岁时，他就已经开始怀疑几何学中的基础证明。后来，经过巴特尔斯等人的引荐，布伦兹维克公爵召见了 14 岁的高斯。在公爵的资助之下，15 岁的高斯进入卡罗琳大学学习数学。在大学里，天赋加勤奋，高斯如鱼得水。高斯的导师评价说："高斯在数学方面的表现，早已远胜卡罗琳大学的任何一位教授。"16 岁时，高斯预测在欧氏几何之外必然会产生一门完全不同的几何学，即非欧几何学。他推导出了二项式定理的一般形式，将其成功地运用在无穷级数，并发展了数学分析理论。

　　1795 年，高斯在公爵的支持下，进入德国著名的哥廷根大学深造。1799 年，高斯获得博士学位，同时获得该大学的讲师职位。高斯当时的毕业论文与代数学的基本定理有关，题目是《证明代数方程根的存在》。其观点新颖、论证严谨，处处表现出惊人的创新性，让当时很多数学大师都惊叹不已。

据统计，高斯一生共获得 75 种非凡荣誉。他 22 岁获博士学位，25 岁当选圣彼得堡科学院外籍院士，30 岁任哥廷根大学数学教授兼天文台台长。在此后的 50 年间，各种荣誉就像雨点似的落在他身上，包括 1818 年英王乔治三世赐封的"参议员"等。

高斯开窍故事

1. 1+2+3+⋯⋯+100＝？

在高斯 9 岁的时候，有一天，老师给同学们出了一道数学题：1 ＋ 2 ＋ 3 ＋⋯⋯＋ 100 ＝？

正当大家埋头演算的时候，不到两分钟，小高斯就举手报告说："老师，我算完了"。

"算错了，重新再算！你算得这样快，肯定错了！"老师头也不抬地说，因为他前一天在家里算了两个小时。

"没错，我已经验算过了。"高斯坚定地回答，"答案是5050。"

"你怎么算得这么快？"老师惊奇地问。

高斯回答说："我没有按照通常算法一个一个去加。我发现，两头的数字加起来都是一样的：

1+100=101

2+99=101

3+98=101

……

50+51=101

少年神童高斯

总共有 50 个 101，所以答数就是 $50 \times 101 = 5050$。因为乘法的本质就是加法。"

"太棒了！"老师兴奋地拍了一下桌子，"我教了一辈子数学，竟然从没有见过高斯这样的数学天才！"

高斯的计算能力，尤其是高斯独到的数学思维、超凡脱俗的创造力，令老师对他另眼相看。老师特意买了最好的算术书送给高斯，对他说："你已经超过了我，我没有什么东西可以教你了。"

开窍解读： 高斯在数学方面的智慧，绝不仅仅表现在他的运算能力上，更表现在他善于把复杂而困难的问题转化成最简单、最方便的模式，从而以更高的效率解决问题。看透事物的深层本质，分清事物之间的内在关联，庖丁解牛般酣畅淋漓地解决困难问题，这是天才独特的能力。

2. 尺规作图

1796 年，高斯在德国哥廷根大学读书。每天上完数学课以后，教授总要布置一道数学题作为课后作业。有一天，教授忙于其他事，忘记布置作业了。于是高斯课后去办公室找教授。教授不在，高斯在教授的桌子上发现了一张小纸条，上面写着一道数学题。高斯以为这就是教授要布置的课后作业，于是把题目抄下来，拿回去做了。

第二天一早，高斯拿着结果来找教授。"教授您好，昨天我从您的办公桌上发现了您准备要布置的作业，我做了一晚上，终于做出来了。"高斯说着，还有点害羞，似乎觉得自己做的时间有点长。

教授听到这里，又看了看高斯的结果，大吃一惊——这道题可不是什么普通大学生能完成的课后作业，而是一道两千多年来没有一位数学家能做出来的千载难题——亚里士多德做不出来，阿基米德做不出来，欧基里德做不出来，就连牛顿也做不出来……一个 19 岁的大学生，竟然一个晚上就做了出来！

这是一道什么题呢？题干极为简单："用圆规和一把没有刻度的直尺，画出一个圆内接正十七边形。"多年以后，每当高斯回忆起这件事时，总是说："如果有人告诉我，这是一道两千多年以来无人能解的数学难题，我可能永远也没有信心将它解出来。"

开窍解读：那一晚上，高斯根本没动圆规，也没有拿直尺，他创造性地用代数的方式解决了这道几何学千载难题。

高斯的思路其实极为简单，要画正十七边形，绝不是用直尺和圆规在纸上瞎画，只要能求出 $\cos(2\pi/17)$ 的值，就能画出一个圆内接正十七边形一个边的长度，然后复制 17 次就可以了。但是如何才能求出 $\cos(2\pi/17)$ 的值，就不是一件那么容易的事了，至少阿基米德没算出来，牛顿也没算出来。

高斯开窍智慧：用"傻瓜模式"完成天才成就

高斯之所以能表现出超越许多数学家的超级智慧，不仅在于他超强的大脑和无与伦比的计算能力，更重要的是他善于使用降低难度的"傻瓜模式"。在研究了很多具有超人智慧的巨匠级人物之后，笔者越来越坚定地认为："傻瓜模式"是高人做事的普遍规律，是人类最伟大的智慧之一。

"天下难事，必作于易；天下大事，必作于细。"老子在两千年前已经说过这样的话。

科学家丁肇中教授曾说："如果你能花很小的力气把一件事做得很好，那么，你就会喜欢上这件事。"

毛泽东主席曾经说过："在战略上我们要藐视一切敌人，在战术上我们要重视一切敌人。""战略上要藐视敌人"就是要树立必胜的信心，在大战之前就坚信我方必将取得胜利。这就等于在观念上给自己降低难度。"战术上要重视敌人"指的是每一仗都要认真准备，不能松懈。

1. 胜任是最好的激励

失败不是成功之母，成功才是成功之母。成功能真正激发一个人的成就感，能进一步夯实自信心。只有发自内心地相信自己能够胜任，一个人才愿意去挑战各种困难。高斯之所以能够解出两千年来没人能解出的难题，就是因为他认定这就是大学生的课后作业题，在观念上给自己降低了难度，树立了必胜的信心。就像高斯自己后来说的那样，要是他知道那是两千年来没人能解出来的难题，他就被吓怕了，还有什么心思去解题呢？

所以，学习的第一步就是要树立必胜的信心。如何树立必胜的信心？就是要把困难问题"降低难度"，转化成简单问题。

例如，很多中国学生认为学英语很难，主要难在单词难记。如何速记英语单词？难度最低的谐音记忆法就是一个很有效的方法。

邮递员	postman	（跑死他们）
经济	economy	（依靠农民）

地主	landlord（懒得劳动）
羡慕	admire（额的妈呀）
小学生	pupil（皮又跑）
救护车	ambulance（俺不能死）

一旦孩子觉得学英语是如此简单而有趣，他就会爱上学英语。也许有人会反对，说容易把发音弄得不标准。事实上，中国 14 亿人，大多都在各自的方言区长大，但是也不影响长大后依然说一口流畅的普通话。先把单词记住，让孩子觉得学英语很好玩、很简单、很有成就感，等他爱上学英语了，再去纠正发音也不迟。一看到英语就头疼，还谈什么发音标准？皮之不存，毛将焉附？凡事分阶段实现大目标，千万不要追求一步到位。记住这句话：最好是好的敌人。

如果一开始就把目标定得过高，又不去分解目标、降低难度，就会产生"目标性颤抖"——觉得目标难以实现而过度紧张，浑身打哆嗦。所以，我始终强调：胜任是最好的激励。设法创造条件，让人觉得胜任，是激励其生长的第一步。

如果您是家长，一定要给孩子创造胜任的感觉，用"发现—命名"的方式来固定孩子的优点。父母要善于发现孩子的优点，然后通过给优点命名的方式来固定这一优点。例如：

"孩子，我注意到你早上只用十分钟就穿好衣服下床了，这就叫效率。

"孩子，我注意到你今天作业只用了半小时就完成了，这就是卓越。

"孩子，我注意到你今天做完手工把纸屑都捡起来了，这就叫责任。

"孩子，我注意到你认真地改正了口算上的错题，这就叫自律。

"孩子，我注意到你做题时圈画了重点，这就叫认真。

"孩子，我注意到你今天主动喝了两杯水，这就叫对自己身体负责。

"孩子，我注意到你今天主动向门卫叔叔问好，这就叫礼貌。

"孩子，我注意到你今天主动尝试另外一种解题思路，这就叫智慧。

"孩子，我注意到你今天先准备好学习用品再开始写作业，这就叫做事有条理。"

一旦孩子在某一件事上明确地感觉到自己能够胜任，他就会爱上这件事。这是从孩子的幼儿时期就建立起来的条件反射。为什么幼儿喜欢有节奏感的儿歌？因为节奏的背后是一种重复，幼儿听到前面就会判断后面的节奏，这就让他们有一种愉悦的控制感。如果幼儿身处的环境总是充满各种不能预料的新情况，幼儿就会紧张、害怕、不安。为什么小孩喜欢看电视广告？因为广告总是重复播放。孩子喜欢重复，是因为他们自己能控制节奏。

2. 发现兴趣—培养乐趣—树立志趣

读书有"三趣"：兴趣、乐趣、志趣。

兴趣作为出生前就已经被注入人脑中的先天基因，后天很难改变；如果改变，也是在先天基因支配下的改变。但是很多人直到很晚才意识到自己对某个领域的兴趣。所以，兴趣只能试着被发现或被激发。例如：有人天生喜欢跟数字打交道，有人则一看到数字就头疼；有人对线条和颜色痴迷一生；有人对声调和旋律不能自拔。这都是由先天基因决定的兴趣使然。而逼迫一个爱画画的孩子去弹钢琴，强制一个爱跳舞的孩子去背古诗，都是费力不讨好的。学科发展必然越来越深刻，未来的社会分工必然越来越精细。如果一个人天生对某种学科没有兴趣，后天也很难成为这个领域的佼佼者。对于兴趣，只能发现。多让孩子参加各种活动，留意孩子在某个领域无意间流露出来的天赋和倾向，才能真正帮助孩子找到他的兴趣所在。

乐趣是后天的，是可以通过教育培养的。让孩子通过低难度的尝试感受到做这件事的快乐和收获，他就会有乐趣。读书、学习、锻炼都是如此。我们应让孩子乐在其中、自得其乐、乐此不疲、乐不可支，我们应寓教于乐、因乐施教。乐趣是一种在后天体验中产生的精神倾向性。乐趣最大的推动力是胜任。很轻松把一件事做好，孩子就会体会到其中的乐趣。如何做得很轻松，那就要降低难度，找到更容易解决问题的"傻瓜模式"。

例如，把金庸的全部作品题目都说出来，不容易。

但是只用作品第一个字编个顺口溜，就很容易记住了："飞雪连天射白鹿，笑书神侠倚碧鸳。"再加上一本《越女剑》。不到一分钟，就全记住了。

例如，马克思出生于 1818 年 5 月 5 日，怎么记住？采取降低难度的"傻瓜模式"：马克思一巴掌一巴掌（1818）把资本家扇得呜呜（5 月 5 日）地哭。

再问一个著名的数学趣题：鸡兔同笼。一个笼子里有鸡有兔，一共有 35 个头、94 只脚。请问：鸡兔各有多少？

其实，只要找到窍门，这道题三秒钟就能解答。

第一步：让所有的动物抬起两只脚。一共 35 个头，那么自然抬起了 70 只脚。

第二步：鸡全趴地上了，因为鸡的两只脚都抬起来了。剩下的全是兔子脚。94-70=24。所以共 24 只兔子脚。

第三步：兔子抬起了两只脚，所以 24 只脚 =12 只兔子。

第四步：从中减去兔子，剩下的就是鸡。35-12=23，即 23 只鸡。

一旦我们发现数学如此简单又好玩，我们一定会爱上学数学。这就是乐趣的力量。

一旦一个人对某个领域产生乐趣，他就会主动去挖掘和体验其中的价值，就会把这种感情上的喜欢上升到精神的境界，进而从理性上把某个工作作为终生追求的价值，这就是志趣。从乐趣到志趣，有四个阶段：

认同：点头称是、击节赞叹、拍案叫绝……

共鸣：于我心有戚戚焉、英雄所见略同……

升华：拨云见日、醍醐灌顶、恍然大悟、茅塞顿开……

同化：三月不知肉味；读书不觉春已深；吹灭读书灯，一身都是月；众里寻他千百度，蓦然回首，那人却在，灯火阑珊处……

"三趣"中的最高境界是"志趣"。周恩来总理"为中华之崛起而读书"，匡衡"凿壁偷光"，车胤"囊萤映雪"，祖逖"闻鸡起舞"，孙敬、苏秦"悬梁刺股"等等，都是志趣的典型表现。这个时候，要做的事情已经不仅是出于个人喜好了，而成为其毕生的志向。到了这一步，一个人就算是彻底"开窍"了。

总结一下,"趣"的三个阶段是"兴趣—乐趣—志趣",我们要做的是"发现兴趣—培养乐趣—树立志趣"。

作为人类历史上屈指可数的大数学家,高斯完美地实现了兴趣、乐趣和志趣的结合。高斯天生就对数学有着十分浓厚的兴趣,他在学习数学的过程中又不断通过降低难度的方式让自己体会到乐趣。在取得博士学位以后,高斯下定决心把数学作为终生志趣,用一辈子的时间研究数学。

3. 采用费曼学习法

如何真正掌握"傻瓜模式"的操作要领?我给大家推荐世界公认的最著名、最简单、最有效的学习方法之一——费曼学习法。

费曼学习法是以美国科学家费曼的名字命名的。据说费曼就是在研究了高斯的学习方法的基础上,又综合了很多巨匠的学习

科学家费曼

方法，然后以自己的名字提出了"费曼学习法"。经过了世界各地数以万计的学子多年使用的检验，费曼学习法最终被证实为世界上最好的学习方法之一。所谓费曼学习法，就是一个字——教。把知识教授给别人，对自己来说是最好的学习。

从执行步骤上来讲，费曼学习法分四个步骤：

第一步：选择一个你想要学习的知识。

第二步：试着把这一知识教授给别人。如果没有人，就自言自语地教。

第三步：遇到自己不懂的地方再次去查阅资料。

第四步：在教的过程中，尽量去掉难懂的专业术语，用最简单、最生动形象的语句来说明问题，让没有知识背景的人也能听懂。这是费曼学习法的核心。

爱因斯坦说，如果你不能把一个深刻的知识用最简单的方式给别人讲明白，就说明你还没有真正掌握这一知识。必须指出的是，费曼学习法的要领不仅是教，而在于能用最简单、最形象、最直观的方式教会别人。如果身边没有别人，可以想象身边有一个一无所知的学生，然后你自言自语地教给他，直到觉得他能完全听明白为止。

大诗人白居易每次写完诗，总是要先读给一字不识的老奶奶听。如果老奶奶听懂了，白居易才拿出来发表；如果老奶奶听不懂，白居易就继续修改，一直到老奶奶能听懂为止。这种追求"老妪能解"的方式，本质上就是一种费曼学习法。

毛主席在延安的时候，有一次问年轻的胡耀邦："耀邦，你说一说什么叫军事。"胡耀邦同志旁征博引，从古希腊的军事理论一直说到二战，最后毛主席实在受不了，不得不打断他："耀邦，所谓军事，其实就是一句话——打得赢就打，打不赢就跑。"毛主席接着问："什么叫政治？"胡耀邦又是长篇大论。毛主席说："所谓政治，就是让咱们上台，让对手下台。"毛主席再问："什么叫宣传？"胡耀邦还是不得要领，毛主席说"所谓宣传，就是让大家认为咱们好，认为咱们的对手不好。"其实，毛主席的表达方法体现了费曼学习法的关键，即能用最生动形象的语句说明最深刻抽象的道理，才算是真正理解了这一问题。

可见，讲述一个问题的境界分三种：

第一种，用专业的方式讲述专业的内容。

第二种，用专业的方式讲述非专业的内容。

第三种，用非专业的方式讲述专业的内容。

再讲一个真实的故事：一位不认字的农民培养了两个孩子，一个考上了清华，一个考上了北大。有人问他："你是怎么教育孩子的？"他回答说："我都不认识字，哪里会教育孩子？只是孩子从一年级开始，每次放学回来，我就让孩子教我。"孩子为了让文盲父亲听懂，必须逼着自己讲得生动形象，遇到难懂的地

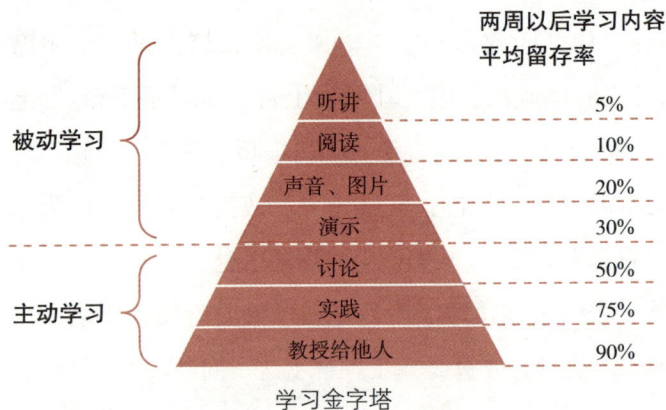

学习金字塔

		两周以后学习内容平均留存率
被动学习	听讲	5%
	阅读	10%
	声音、图片	20%
	演示	30%
主动学习	讨论	50%
	实践	75%
	教授给他人	90%

方，还要打比方、举例子等。在教授别人、让别人明白的过程中，自己恰恰对问题有了更深刻的了解。这个故事说明，教给别人能使自己所学的知识更加巩固。

从学理上讲，费曼学习法也得到了"学习金字塔"理论的证明。"学习金字塔"是美国缅因州国家训练实验室的研究成果，它用数字形式形象显示出：采用不同的学习方式，学习者在两周以后还能记住内容的多少。

中国有句话"名师出高徒"，其实应该是"高徒出名师"。古今中外，凡是大师级的人物，一般都带徒弟，因为在教授徒弟的过程中，师傅能够真正查漏补缺，提升自己。

为什么教别人会提高自己的学习能力呢？原因如下：

第一，为了给别人讲解，自己要先学习和准备，这给自己提供了深入研究问题的机会。也许学生们听讲只需一小时，但老师的备课往往需要几个小时。

第二，在教别人时，老师需要反复考虑怎么讲学生才能听明白。相比单纯的听讲，教他人会同时动用更多的大脑区域，学习效率更高。

第三，在教他人知识时，常常会遇到之前没有想过的问题。遇到学生提问时，老师也要调动大量的知识储备去应对。这些对于多维度、多层面深刻理解问题非常有帮助。

高斯开窍金句

1.宁可少些，但要好些。

2.无穷大只是一个比喻，意思是指这样一个极限：当允许某些比率无限地增加时，另一些特定比率可以相应地无限逼近这个极限，要多近有多近。

3.数学是科学之王。

4.阿基米德、牛顿这样伟大的数学家，总能不偏不倚地把理论与应用结合起来。

5.数学中的一些美丽定理具有这样的特性：它们极易从事实中归纳出来，但证明却隐藏得极深。

6.数学，科学的皇后；数论，数学的皇后。

达尔文

扫一扫 看视频

——如何用"穷极追问"找到世界的终极真理?

人类到底是从哪里来的?是神创造的,还是由古猿进化的?万物是如何起源的?达尔文认为,所有的生物都是在遗传、变异、生存斗争和自然选择中,由简单到复杂,由低等到高等,不断发展演变而来的。达尔文的生物进化论,摧毁了唯心的神造论和物种不变论。

本章我们将给您分享达尔文用"穷极追问"法找到事物背后深层真理的奥秘,以及如何将这种"穷极追问"与我们的学习结合起来,如何使用"错题本"查漏补缺,如何使用"西蒙学习法"。

达尔文像

达尔文伟大成就

达尔文（1809—1882），英国著名生物学家，进化论的奠基人。达尔文在划时代巨著《物种起源》中提出了生物进化论，推翻了各种唯心的神造论、物种不变论。

达尔文曾经乘坐"贝格尔号"军舰做了历时5年的环球航行，对动植物和地质结构等进行了大量的观察和采集。这为他以后提出生物进化理论提供了丰富的知识基础。除了生物学，达尔文的理论对人类学、心理学、哲学的发展都有着十分重要的影响。恩格斯将"进化论"列为19世纪自然科学的三大发现之一（其他两个是细胞学说、能量守恒和转化定律）。

尽管达尔文学说中也有错误观点，也留下一些待解决的问题，但是，正如恩格斯所指出的："不管这个理论在细节上还会有什么改变，但是总的说来，它现在已经把问题解答得令人再满意不过了。"达尔文进化论奠定了人类对生物进化认识的基础。随着近代科学的发展，我们必然会更加深入地认识生物进化的规律，更有成效地改造自然。1882年4月19日,达尔文逝世,享年73岁,他的灵柩与大科学家牛顿的灵柩并列摆放于威斯敏斯特大教堂。如果说,牛顿在物理学界做出了开创性的巨大贡献,那么,达尔文在生物学界的贡献,足以让他成为"生物学界的牛顿"。

达尔文传奇人生

达尔文于1809年2月12日出生在英国的小镇什鲁斯伯里。达尔文家族世代行医,达尔文的祖父曾有过进化论方面的思想。达尔文的父亲也是医生,也希望小达尔文将来成为医生。

1825年,16岁的达尔文被父亲送到爱丁堡大学学医。但是少年达尔文对医学毫无兴趣,后来又转到农学院。达尔文最喜欢做的事是到野外采集动植物标本。父亲认为他"游手好闲""不务正业"。眼见儿子学医的道路走不通,1828年父亲又送他到剑桥大学,改学神学,希望他将来成为一个"尊贵的牧师"。但是达尔文对自然科学和自然历史的兴趣远远超越对宗教的敬仰。在剑桥期间,达尔文几乎放弃了对神学的学习,他结识了当时著名的植物学家亨斯洛和著名地质学家席基威克，并接受了植物学和地质学方面的科学训练。

1831 年于剑桥大学毕业后，达尔文的老师亨斯洛推荐他以"博物学家"的身份参加同年 12 月 27 日英国海军"贝格尔号"军舰环绕世界的科学考察航行。他们先在南美洲东海岸的巴西、阿根廷等地和西海岸及相邻的岛屿上考察，然后跨太平洋至大洋洲，继而越过印度洋到达南非，再绕好望角经大西洋回到巴西，最后于 1836 年 10 月 2 日返抵英国。

这次环球考察，极大改变了达尔文对大自然的认知。比如，在巴塔哥尼亚高原，达尔文发现了已灭绝的巨型哺乳动物雕齿兽的化石，经过仔细观察和比较，他发现雕齿兽化石和现代犰狳的外观和骨骼非常相似。他并没有就此停止研究，他进一步思考的是：这些哺乳动物是如何死亡的？它们之间有什么关系？为什么会有这些相似性？在这个基础上，他大胆假设：二者有亲缘关系，现代犰狳很可能是雕齿兽的后代。这就意味着，物种不是一成不变的，生物特征会随着时间的流逝发生改变。

"贝格尔号"军舰绕行地球一圈后，于 1836 年 10 月 2 日回到英国。这 5 年的见识，让达尔文从一名基督徒变成了无神论者，他不可能再去当牧师了，而是成了职业的博物学家。更重要的是，他开始思考生物的起源问题，最终创建了进化论，极大地改变了人们对世界的认知。"贝格尔号"之行是达尔文人生的转折点，也是人类历史的转折点。

回到英国后，他继续从事相关研究，并且进一步坚定了进化论思想。1838 年，他不经意间读到了马尔萨斯的《人口论》。达尔文从书中得到启发，更加确定他正在思考的一个重要想法：地球的年纪远比《圣经》记载的要长。所有的动植物并非一直是这样，它们都在历史的长河中不断演化，而且还在继续变化之中。达尔文甚至指出，人类也是由原始的物种进化而来的，亚当和夏娃的故事根本站不住脚。达尔文发现，生物在生存斗争中不断适应环境，适者生存，劣者淘汰。

达尔文在整理航海日志的过程中，发现有很多谜团还没有解开。比如：为什么所有生物不断繁衍，却没有任何一种过度繁殖？大自然是如何实现生态平衡的？他需要一个理论来支撑自己的所有研究。最终，他总结出了物种起源理论，提出了"物竞天择，适者生存"的自然法则。

　　开始的时候，达尔文并没有公开他的研究成果。后来，他开始撰写研究大纲，并在大纲的基础上写了一些文章。1859 年，划时代的巨著《物种起源》一书问世，初版 1250 册当天即告售罄。以后达尔文又花费了 20 年时间搜集资料，不断充实他的进化论学说，最终这一学说成为改变人类历史的伟大理论。

　　1882 年 4 月 19 日，达尔文因病逝世，人们把他的遗体安葬在牛顿的墓旁，以表达对这位科学家的敬仰。

《物种起源》书影

达尔文开窍故事

1. 刨根问底的小男孩

达尔文的母亲苏珊是一位和蔼可亲、很有见识和教养的女人。她喜欢栽培花卉和果树，时常利用各种机会培养达尔文对周围事物的兴趣。她很有耐心，十分爱护小达尔文的好奇心。每逢达尔文提出各种稀奇古怪的"天真"问题时，她从不嘲笑讽刺，更不会横加指责，而是耐心地给予解答，甚至和儿子一起通过实验来观察和验证。正是妈妈的这份爱心和耐心，使达尔文对周围奇妙的大自然产生了无穷的兴趣。

1815年夏季的一天，天气晴朗，万里无云，花园里传来各种花朵的清香，苏珊带着达尔文兄妹俩在花园里做游戏。孩子们一会儿采花，一会儿追蝴蝶，玩得很高兴。苏珊拿着铲子给花园里的小树苗培土。她铲起一撮散发着清香的黑土，轻轻闻了闻，然后把它培植在树根旁。"妈妈，我也要闻一闻。"达尔文兴奋地跑过来，学着妈妈的样子闻着乌黑的泥土。突然，达尔文抬起头，好奇地望着妈妈，问道："妈妈，您为什么要给树苗培土？"

"我要树苗和你一样茁壮地成长，树苗离不开泥土，就像你离不开食物。"妈妈回答。

"就像我离不开妈妈一样，是吗？"达尔文说道。

苏珊会心一笑，说："好好闻一闻，这是大自然的气息，是生命的气息呀！别看这泥土黑，它却是万物生长的基础。有了它，才有了郁郁葱葱的青草，才有了成群的牛羊，我们才有了美味的肉和营养的奶；有了它，花朵才能竞相开放，蜜蜂才会成群飞来，我们才能尝到甜彻心扉的蜂蜜；有了它，大地才能长出麦子，我们才有了松软可口的面包。"

"那么泥土里为什么长不出小猫和小狗呢？"天真的达尔文又开始刨根问底了。苏珊微笑着对达尔文说："小猫和小狗是它们的妈妈生的，不是从泥土里长出来的。"

"我和妹妹是您生的，您是姥姥生的，对吗？"小达尔文接着问。

"对啊，这个世界上所有人都是他们的妈妈生的。"苏珊回答。

"那么，最早的妈妈是谁？她又是谁生的？"小达尔文不知疲倦地继续问。

"亲爱的宝贝，世界上有很多事，就我们现有的知识而言，还是个谜。我希望你长大后自己去找答案，做一个真正有学问的人。"妈妈说。

也许就是从那时起，生命从何而来的问题就印在了小达尔文心中，直到他最终找到这个秘密的答案。强烈的好奇心和求知欲使年幼的达尔文把家里的花房、花园和门前大河两岸的草坪、森林当成了自己最早的课堂。他时常独自坐在河边，静静地注视着水下的游鱼和缓缓流动的河水。他不但天生喜爱动物，还喜欢收集各种植物、贝壳和矿物的标本。在妈妈的悉心指导下，他学会了怎样根据花蕊来识别花草，还记住了各种花草和树木的名称。随着对生物了解的不断加深，他对生物的兴趣也愈来愈浓了。也许正是出于对生物的喜爱，达尔文对各种小生命也总是格外珍惜。

天真，是人类科学进步的第一推动力。1+1为什么等于2，不等于3？这种天真的问题，你小时候问过吗？牛顿问过，爱迪生问过，达尔文问过，爱因斯坦问过。科学精神的本质在于任何事情不能仅停留在表面的正确，一定要弄明白背后到底是怎么回事。达尔文之所以能提出"物种起源"的伟大进化论理论，与其少年时"刨根问底"的思维方式是分不开的。

2. 达尔文虫

1828 年的一天，在伦敦郊外的一片树林里，达尔文正围着一棵老树转悠。突然，他发现将要脱落的树皮下有虫子在蠕动，于是他急忙剥开树皮，发现两只奇特的甲虫正急速逃跑。达尔文马上把它们抓在手里，兴奋地观看起来。正在这时，树皮里又跳出一只甲虫。达尔文一时间手忙脚乱，为了腾出手，他迅速把一只手里的甲虫塞进嘴里，伸手又把第三只甲虫抓了过来。看着这奇怪的甲虫，达尔文真有点爱不释手，结果他只顾得意地欣赏手中的甲虫，早把嘴里的那只给忘记了。嘴里的那只甲虫憋得受不了啦，便放出一股辛辣的毒汁，把达尔文的舌头蜇得又麻又痛。后来，人们把达尔文首先发现的这种甲虫，命名为"达尔文虫"。

3. 兰花与天蛾的神奇关系

1862 年，达尔文出版了一部研究兰花的著作。达尔文研究兰花的目的，是要证明自然选择是生物进化的动力。野生兰花有两万多种，花的形状、大小、颜色、香味千奇百怪，但是目的只有一个——用花香吸引昆虫（或蜂鸟）来采蜜，这样花粉就能沾到它们的身上，它们就能帮助兰花传粉。兰花的繁衍离不开这些授粉者的需求，不管它有着什么样奇怪的形状、构造，也都是为了适应授粉者的需求。授粉者为了能采到花蜜，也要适应兰花。在自然选择的作用下，兰花和授粉者会一起进化。但是有一种原产马达加斯加的彗星兰却让达尔文感到困惑。这种彗星兰拉丁文学名的意思是"一尺半"，其名称源自它的花朵形状——它有又长又细的花距，从花的开口到底部是一条接近30厘米的细管，只有底部3.8厘米处才有花蜜。

什么样的昆虫才能够吸到它的花蜜？达尔文大胆地预测："在马达加斯加必定生活着一种蛾，它们的嘴巴能够伸到30厘米左右！"但是有谁见过嘴巴如此细长的昆虫呢？"荒唐！"当时有些昆虫学家这么认为。1873年，著名博物学家赫曼·缪勒在《自然》杂志上报告说他的哥哥曾经在巴西抓到过喙长达25厘米的天蛾，这说明达尔文的预测并不荒唐。1903年，一种长着25厘米长的喙、像小鸟一般大小的大型天蛾在马达加斯加被找到了。

四十多年之后，达尔文的预言果真获得了证实。

达尔文之所以敢于做出令人惊讶的预测，是因为他深知自然选择的威力。

彗星兰与天蛾

达尔文开窍智慧：用"穷极追问"探究事物本质

达尔文最伟大的开窍智慧不是他的观察力、思考力，而是他对事物本质、对万物根由进行"穷极追问"的精神。

在科学研究方面，达尔文从小就有一种极为"天真"的倾向。一般人从不思考的各种自然现象，达尔文却要刨根问底。比如，普通人都可以看到不同鸟类的喙长得不一样，但是达尔文思考的是：为什么不一样？再比如，同样看到珊瑚，一般人往往只是赞叹其美丽，达尔文想的却是珊瑚虫是怎么建起珊瑚礁的，珊瑚礁又是如何抵抗海浪冲击的，为什么礁石呈圆环状，等等。

多疑才能多知。在一般人看来见怪不怪、不证自明的现象，达尔文都要追问到底。值得一提的是，在追问中，达尔文善于联想、类比、鉴别，他总是能找到不同事物之间的区别和联系。这种"穷极追问"的思维习惯在达尔文环球航行的时候发挥到了极致。在世界各地所考察的不同物种之间，达尔文总是能够找到其中的联系。

我们知道，学科之间可以分类，但是绝不能切割成各自互不联系的个体。从苏格拉底、牛顿到爱迪生、爱因斯坦，他们都是"穷极追问""层级思维"的大师。读者朋友，无论您是家长还是学生，都要培养"穷极追问"的思维习惯，对于任何问题的思考都不要停留在第一层的问题和答案上，而要进行"二次追问"，甚至"三次尝试"。因为每一次深入提问，都是一次思维的再创造、再提炼、再升华。

人类的知识，从外界到内化的过程，就是一个从平衡到不平衡再到平衡……不断演进的过程。"穷极追问"的本质就在于不断打破原有的表象性平衡，创造新的不平衡，以便不断向事物的深层本质逼近。在"穷极追问"中，思考的持续性、挖掘的层级性、知识的迁移性在探因、追根等动作中环环相扣，不断形成一个良性循环——从"已知区"到"探索区"再到"未知区"，最终达到一般人难以企及的深度和高度。这就是科学研究的基本路径。

而终生一事无成的人，永远生活在他的"已知区"中，遇到所有的问题都在他的"已知区"中寻找答案，用自己极为狭小的认知结构去衡量广袤无垠的知识。所谓"坐井观天""夜郎自大""一叶障目""海水斗量"等成语，说的就是这个意思。这种人凡事"不屑一顾"，导致终生"一无所知"。

"穷极追问"开窍智慧运用要领

如何运用"穷极追问"让自己学会学习？下面给大家分享两个具体的办法：

1. 建立错题本

对于中小学生而言，"穷极追问"最简单的应用

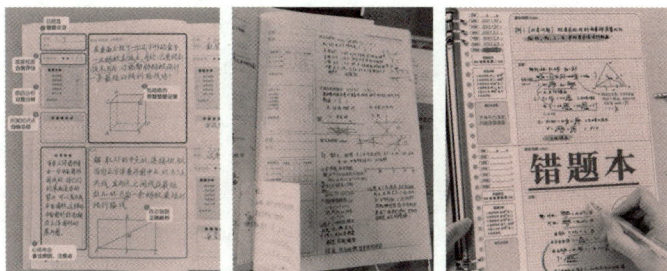

错题本

就是建立错题本。所谓错题本，就是指中小学生在学习过程中，把自己做过的作业、习题、试卷中的错题整理成册，便于找出自己学习中的薄弱环节，使得学习重点突出、学习更有针对性，进而提高学习效率、提高学习成绩的作业本。当然，也可以在整理"错题"的时候，把"难点题""典型题""重点题"等一并整理出来，建立"好题本"。

错题本的价值可以总结为以下三条：

第一，错题本能暴露知识漏洞。学生对各种错题的归集其实就是记录其在每一部分的失分情况。错题本的建立能为查漏补缺、有针对性的改进提供便利。

第二，错题本会聚焦学习目标。错题本可以使学生的学习目标变得更加集中、更加聚焦，学习重点、难点更加明确。学生聚焦错题，就能抓住学习中的关键丢分点，知道自己在学习过程中的软肋，进而有的放矢，事半功倍。

第三，建立错题本能养成良好的学习习惯。分门别类地收集整理错题，本身就是一个改正的过程。学生通过连续不断地整理和总结自己学习中的错题，会加深对相关知识点、能力点的理解，同时，长期坚持会养成及时复习总结的良好习惯。

犯错不要紧，只要你能做到每种错误只犯一次，你就是学习的高手。那么，如何使用错题本，才能真正"不二过"呢？

设立目标，减少错题；

分门别类，系统整理；

定期翻阅，防止再错；

互相传阅，共同进步。

用经济术语来说，错题本就是投资最小、收益最大的项目。每一科都建立错题本,平常用心整理错题,在考试前把复习重心放在错题本上,精准定位,迅速回顾自己的短板。如果我们能将考试中犯过的错误都摆上台面并熟练掌握正确的解题方法,下一次考试自会稳操胜券。

2. 西蒙学习法

西蒙学习法是诺贝尔经济学奖获得者西蒙教授提出的。他认为:"对于一个有一定基础的人来说,只要肯下功夫,在 6 个月内就可以掌握任何一门学问。"

这不是瞎说,是有根据的。西蒙教授立论所依据的心理实验的研究表明:一个人 1 分钟左右可以记忆一个知识点,每一门学问所包含的知识点在 5 万个左右;5 万个知识点大约需要 1000 个小时,以每星期学习 40 小时计算,要掌握一门学问大约需要用 6 个月。

上面这段话有两层含义:第一,学习任何

西蒙教授

一门学科都要把这门学科分成一个个小单元——知识点。第二，只要集中精力，半年就能把每个知识点彻底掌握。这不仅给了我们信心，也给了我们工具和办法。

我们也可以把西蒙学习法称为"锥子学习法"。居里夫人曾说："知识的专一性像锥尖，精力的集中好比是锥子的作用力，时间的连续性好比是不停顿地使锥子往前钻进。"西蒙学习法就是要用这种尖锐猛烈、持续不断的姿态来学习。连续的、长时间的、高强度的学习不仅能把所学知识夯实，同时也省去了大量的重复复习时间。如果用烧水来比喻，西蒙学习法就是连续加热，直至把水烧开，所以过程中热量散失得少；而大部分人采用的间断式学习，就像是烧一会儿停一会儿，其间许多热量就白白散失了。两者相比较，自然是持续"加热"效果更为显著。

为了更好地说明问题，我们举一个游泳的例子。国际通用的四大泳姿——自由泳、蝶泳、仰泳、蛙泳，哪一种最快？哪一种最慢？自由泳最快，其次是蝶泳，再次是仰泳，最慢的是蛙泳。为什么？我们用开车做比喻来说明一下。自由泳就像一直大力踩油门，左右双臂交替划水，始终有动力，而且使身体在水里成一个流线型，所以自由泳游起来最快。蝶泳就像是踩一脚油门，踩一脚空挡，因为蝶泳双臂在水面上滑动时不提供动力。仰泳就是反式自由泳，就像是一直踩倒挡，尽管倒着开不如正着开，但是动力也一直持续。蛙泳之所以最慢，是因为蛙泳就像踩一脚油门，踩一脚刹车。因为蹬腿之后必须要收腿，收腿就会产生向后的反作用力，就像踩刹车。学习也是这样，当你集中一点，持续加温，成绩就会产生突破性提升。

例如，一个高中生，还有半年就高考了，别的功课都可以，就是数学最差。这半年该怎么办呢？采用西蒙学习法，集中精力攻数学，从数学的基本概念开始，要求自己将每一个知识点都彻底掌握。相信半年之后，数学成绩一定可以突飞猛进。

西蒙学习法的三个关键词：目标单一、持续发力、专注不移。

我们可以举一个活生生的例子来说明西蒙学习法的具体操作。美国有一家公益学习机构叫"可汗

萨尔曼·可汗

学院"，创办人萨尔曼·可汗是孟加拉裔美国人。此人天资聪颖，尤其在数学方面具有极高天赋。他后来考入美国最顶尖的麻省理工学院，一口气拿下了数学学士学位、电子工程与计算机科学学士学位及硕士学位。此后，他又在哈佛商学院拿了一个工商管理学硕士学位。后来，他在辅导上初中的表妹学数学时发现，很多小学阶段的数学基本概念和运算，初中的表妹依然不知道或者没掌握。可汗深深意识到基础知识是多么重要。后来可汗辞去华尔街金融分析师的高薪工作，专门从事网络视频课程录制工作。他把数学知识从零开始按照年级的不同分成一个个小知识点，分别录制讲解视频，每个视频十分钟左右。他让学生自行在家里观看，由于现场没有老师，所以学生也就比较轻松。为了降低学生的被压迫感，可汗甚至只录屏，不出现头像。因为屏幕上出现老师头像，就像老师在盯着你，学生会有压迫感。学

生如一遍看不懂,那就多看几遍。那么,怎么证明学生已经真正彻底掌握了这个知识点呢? 每一个知识点之后,可汗会出十

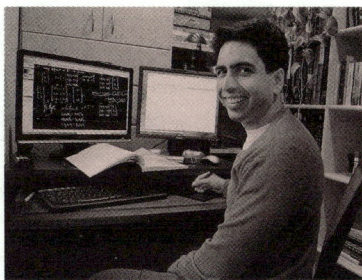
可汗在录制讲解视频

道题。这十道题学生都做对了,那就证明他已经真正掌握了这个知识点;如果有一道题做错了,就要重新学习,直到全做对为止。然后,学生才可以去看下一个知识点的讲解视频,步骤同样。可汗学院的免费知识视频已经获得比尔·盖茨等人的赞助,他的免费网站已经成为世界上最受欢迎的教育网站之一。

从本质上讲,可汗所提倡的学习方法就是西蒙学习法。这种方法就像盖房一样,每一块砖都排得整整齐齐,压得紧紧密密,绝不允许有任何漏洞。这种精准熟练掌握每一个知识点的方式,会让学习者在这个领域无人能及——无论你考什么,我都会。无论是"错题本"还是"可汗学院",核心都是"刻意练习""精熟教学",把知识分门别类,分成小单元,引

导学生彻底掌握每一个小单元，用学习单元最小化实现学习效果最大化。

从这个角度讲，大科学家达尔文的"终极追问"，就是要彻底弄明白每一个在别人看来"不证自明"的常识性问题。

最后，再从反面的角度说一下学习的四大陷阱：

（1）囫囵吞枣。读书和吃饭一模一样，狼吞虎咽、暴饮暴食只会造成对知识的消化不良，细嚼慢咽才能品出其中的味道，才能吸收好。宋代大儒朱熹说，读书"譬如饮食，从容咀嚼，其味必长；大嚼大咀，终不知味也"。

（2）浅尝辄止。蜻蜓点水，水过地皮湿。对于学过的知识，一定要多往深处思考，多运用；对于似是而非、模棱两可的问题，一定要用"终极追问"的方法彻底弄明白。明代大儒王阳明所说："辨既明矣，思既慎矣，问既审矣，学既能矣。又从而不息其功焉，斯之谓笃行。"

（3）偷工省料。虽然工程项目可以赶工期、提进度，学习也可以赶时间、提效率，但是有些步骤和材料是不能省略、不可缺少的。一旦知识大厦的地基不牢固,就会造成整个知识体系的基础不牢,一个个小窟窿累加起来,就会导致大塌方。

(4)遇难即止。这是逃避心理在作怪。"攻书不畏难,难终成易;求学莫怕苦,苦后变甜。"悬梁刺股、凿壁偷光、牛角挂书、囊萤映雪、韦编三绝、铁杵磨针、闻鸡起舞、程门立雪、焚膏继晷、卧薪尝胆、挟策读书、圆木警枕……这些典故,哪些是有关志向的?哪些是有关学习态度的?哪些是有关学习集中程度的?快分分类,相信它们会转化为我们攻坚克难的动力。

笔者的座右铭是:"困难是别人前进道路上的障碍。"大家在学习的过程中都会遇到困难,但是一旦你咬咬牙拼命超越了困难,困难就会离你而去,成为懦弱者的障碍。一步到位步步到位,一步不到位步步不到位。遇到困难是件好事,成功的路上并不拥挤,因为很多人在困难面前选择了逃避,也就等于选择了放弃。

达尔文开窍智慧延伸阅读：高尚的人格

达尔文生前常说，他的《物种起源》等著作和学说是"集体的产物"。他在一封信中这样写道："我清楚地看到，如果没有那些可钦佩的观察者所搜集的大量材料，我绝写不出那本书[①]来。"事实上，他对华莱士的帮助便是科学家这种谦虚无私精神的体现。

华莱士是英国著名的自然科学家和旅行家，比达尔文小14岁。他和达尔文一样，进行着科学考察的活动，曾到巴西、马来半岛等地做生物考察，采取动植物标本，而且两人进行的研究和写作针对的是同一课题。其间，他读过达尔文的《一个植物学家的航行日记》，也和达尔文有过几次通信，讨论交流研究心得，不过两人都没有提及他们各自的独立研究和正在写作的具体内容。

1858年6月18日，正在努力撰写《物种起源》一书的达尔文，收到了华莱士寄来的一篇关于进化论的手稿《论变种无限地离开其原始模式的倾向》。达

[①]"那本书"指《物种起源》。

尔文惊诧得目瞪口呆："我从未见过有这种更加令人惊奇的偶然巧合。他现在采用的学术名词，甚至也和我的书稿中各章题名相同……"

如果是这样的话，进化论的优先权应归于华莱士，达尔文再发表著作，就有剽窃之嫌。达尔文思想斗争十分激烈。要知道达尔文已经从事20多年的研究了，当他环绕全球做科学考察时，华莱士还是一个刚入学接受启蒙教育的小学生。由于旧病复发，加上孩子们身体不好，达尔文写作时断时续，进度很慢，才让华莱士后来居上。但他不愧是品德高尚的人，他决定成人之美，建议华莱士赶快将论文发表出来，同时为了避嫌，他打算中断自己的写作，让华莱士独享荣誉。

华莱士也是品德高尚的人，他知道了这件事情后，不仅果断地放弃了优先权，而且满怀敬意地对周围人说："当我还是一个匆忙急躁的少年时，达尔文已经是一个耐心的、刻苦的研究者了。他勤勤恳恳地搜集证据，来证明他发现的真理，却不肯为争名而提早发表他的理论。"

最后在别人的劝说下，达尔文同意将自己的论述

华莱士和达尔文

和华莱士的论文合并，以合作的名义提交林奈学会宣读。达尔文非常感谢华莱士，他写信致意："如果有着可钦佩的热情和精力的人应该得到成功的话，那么您就是最应该得到成功的人。"

在华莱士的鼓励下，达尔文在 1859 年 11 月 24 日这一天，终于出版了《物种起源》这一巨著。华莱士为之喝彩，称这本书是"迄今为止最重要的书籍之一"，并将进化学说这一理论称为"达尔文学说"。

达尔文开窍金句

1.科学就是整理事实，以便从中得出普遍的规律或结论。

2.只有服从大自然，才能战胜大自然。

3.完成工作的方法，是爱惜每一分钟。

4.我一贯力求思想不受束缚。

5.寿命的缩短与思想的虚耗成正比。

6.我必须承认，幸运喜欢照顾勇敢的人。

7.我相信我没偷过半小时的懒。

8.敢于浪费哪怕一个钟头时间的人，说明他还不懂得珍惜时间的全部价值。

9.我在科学方面所做出的任何成绩，都只是由于长期思索、忍耐和勤奋而获得的。

10.无知者比有知者更自信。只有无知者才会自信地断言，科学永远不能解决任何问题。

11.人类在道德文化方面最高级的阶段，就是当我们认识到应当用理智控制思想时。

12.不要因为长期埋头科学而失去对生活、对美、对诗意的感受能力。

13.我之所以能在科学上成功，最重要的一点就是对科学的热爱，坚持长期探索。

14.能够生存下来的物种，并不是那些最强壮的，也不是那些最聪明的，而是那些对变化做出快速反应的。

爱迪生

扫一扫　看视频

——如何用"换轨思维"突破认知藩篱?

你一定听过这句话:"天才就是1%的灵感加上99%的汗水。"没错,这就是爱迪生的名言。但这只是前半句话,后半句是:"这1%的灵感比那99%的汗水更重要。"爱迪生之所以能发明两千多件东西,除了和别人一样的努力和汗水,更靠的是他卓越的"换轨思维"方式。

"弯道"超车是一时的投机取巧,"换轨"超车才能长久地持续领先。本章我们会给您分享爱迪生"换轨思维"的五大机制,您可通过"内容置

爱迪生像

换"的方式让自己实现"换轨"，从而真正跃入学习与事业的快车道。

爱迪生伟大成就

爱迪生（1847—1931）是举世闻名的发明家，被誉为"世界发明大王"。爱迪生是人类历史上第一个利用大量生产原则来从事发明创造进而对世界产生深远影响的人。他拥有超过 2000 项发明，特别是其中的留声机、电灯、电力系统和有声电影，极大地推进了人类的文明进程。

在近现代人类文明发展史上，爱迪生所做的贡献无论怎么赞美都不过分。他就像是希腊神话中的盗火者普罗米修斯，将光明带进了人们的日常生活。美国《生活》杂志曾评选出千年来全球最有贡献的一百位人物，爱迪生名列榜首。

爱迪生传奇人生

1847 年，爱迪生降生在美国俄亥俄州米兰市的一个商人家庭里。很小的时候，爱迪生就显露出了极强的好奇心（回忆我们书里写过的巨匠，他们一般童年时都具备强烈的好奇心），他最喜欢的就是对大家都觉得已经是常识的东西追根问底，经常把教师问得目瞪口呆，窘迫不堪。

有一次数学课，教师在黑板上写下了"1+1=2"，爱迪生马上站起来问："老师，1加1为什么等于2呢？"这个问题把老师问住了，他认为爱迪生是个捣蛋鬼，专门给老师找别扭。于是，在上了三个月的课以后，爱迪生就被老师当作"不可救药"的笨小孩赶回家了。

笔者过去常说，刨根问底是所有科学精神的出发点。凡是未来成为科学巨匠的人，从小都有对寻常问题刨根问题的习惯。例如牛顿问苹果为什么掉到地上而不是往天上飞，而一事无成者最大的愚蠢就在于见怪不怪、自以为是，对什么都觉得是理所应当的。就此，我们可以总结出一事无成者的三个标志：

（1）对任何事情都不屑一顾；

（2）觉得任何问题都不证自明；

（3）对任何现象都觉得不言而喻。

这就彻底放弃了科学的探索精神。所以，各位家长在教育孩子的时候，一定要保护孩子的好奇心，哪怕再微小、再普通的问题，也要抱着无知的心态引导孩子去探索明白。

爱迪生小时候因为家里穷，只上了三个月学，十多岁就开始卖报。但是他热爱科学，常常把钱节省下来，购买科学类书报和化学药品。他做实验的器具，很多是从垃圾堆里拣来的。

爱迪生 12 岁的时候，在火车上卖报。火车上有一节给乘客吸烟的专用车厢，车长同意他在那里占用一个角落。他把化学药品和瓶瓶罐罐都搬到那里，卖完了报，就做各种富有趣味的实验。有一次，火车开动的时候猛地一震，把一瓶白磷震倒了。白磷一遇到空气立刻燃烧起来。许多人赶来和爱迪生一起把火扑灭了。车长气极了，把爱迪生做实验的东西全扔了出去，还狠狠打了他一个耳光，把他的一只耳朵打聋了，但是爱迪生钻研科学的决心没有动摇。他省吃俭用，很快就又重新做起化学实验来。有一次，硫酸烧毁了他的衣服；还有一次，硝酸差一点儿弄瞎了他的眼睛。他没有被危险吓倒，还是以顽强的精神继续做实验。

爱迪生开窍故事：孵鸡蛋

爱迪生小时候就热爱科学实验，凡事都爱寻根究底，要亲自动手试一试。

有一天，妈妈正在厨房忙着，爱迪生突然跑来，好像有了惊人发现似的睁大眼睛问："妈妈，咱们家的那只母鸡真奇怪，它把鸡蛋放在肚子底下压着，这是为什么？"妈妈笑了，她放下手里的活儿，认真地对爱迪生说："那是母鸡妈妈在孵小宝宝呢！她把那些蛋暖热后，就会有小鸡从里面爬出来。你看咱家那些毛茸茸的小鸡，它们都是被鸡妈妈这样孵出来的。"（注意：达尔文的妈妈也是如此耐心地回答孩子的问题的，一位有耐心的妈妈，是最好的家庭教育专家。）

听了妈妈的话，爱迪生感到新奇极了。他想：母鸡卧在鸡蛋上就能孵出小鸡来，鸡蛋是怎样变成小鸡的呢？人卧在上边行不行？在思考了很久之后，他决定亲自试一试。

爱迪生从家里拿来几个鸡蛋，在邻居家找了个僻静的地方，他先搭好一个窝，在下边铺上柔软的茅草，再把鸡蛋摆好，然后就蹲坐在上边。他要亲眼看一看鸡蛋是怎样孵成小鸡的。

天快黑了，还不见爱迪生回家，家里的人都非常着急，于是到处去找他。找来找去，才在邻居的后院找到了爱迪生。只见他蹲在一个草窝上一动也不动，身上、头上沾有不少草叶。

家里人见了，又生气又好笑，问他：

"你在这儿干什么呢？"

"我在这儿孵蛋啊，我觉得小鸡快要孵出来了。"

"简直胡闹，快点出来！"爸爸大声喝道。

"母鸡能孵出小鸡，我也要试试孵出小鸡来。"

"不行，不行！快回家！"爸爸又呵斥道。

妈妈既没有责怪也没有取笑他，而是微笑着说："人的体温没有鸡的体温高，你这样孵是孵不出小鸡来的。"小爱迪生虽然没有孵出小鸡来，但是通过这次孵蛋经历增长了知识，而且培养了做实验来验证真理的习惯。最重要的是，爱迪生的"换轨思维"从此开始萌芽。凡事都要换一种方式重新试一试，这才是发明创造的根本。

还有一次，爱迪生看到鸟儿在天空中自由地飞翔，于是心想：鸟能飞，人能不能飞呢? 爱迪生的"换轨思维"又启动了。他设想：人是因为没有翅膀才不能飞的吗? 他忽然又"换轨"：气球没翅膀也能飞上天，是因为"肚子"里面有气体，那么在人的身体里充上气行不行? 于是他找来一种能产生气体的药粉，让一个小伙伴喝了下去，看看他能不能像气球一样飞起来。可是过了一会儿，小伙伴肚子疼了起来，大声哭喊，差点儿送了命。为了这件事，爸爸狠狠揍了他一顿，还说不准他以后搞实验了。可是爱迪生不服气："我不做实验，怎么能知道人能不能飞起来呢? "

幸运的是，爱迪生的妈妈是一个既有教育经验又非常有耐心的人。她不认为自己的孩子是"低能儿"，她经常让爱迪生自己动手做实验。有一次讲到伽利略的"比萨斜塔实验"，她让爱迪生到自己家旁边的高塔上尝试。爱迪生拿了两个大小和重量不同的球并同时从高塔上抛下，结果两球同时落地，他觉得很神奇并兴奋地告诉妈妈实验结果。

在妈妈的教育和激励下，爱迪生最终成了著名的发明家。他一生有 2000 多项发明，其中发明专利就超过 1500 项。

1931 年 10 月 18 日凌晨 3 时 24 分，爱迪生带着满足的微笑，与世长辞，享年 84 岁。临终时他坦然地说："我为人类的幸福已经尽了心力，没有什么可遗憾的了。"

举行葬礼的那天，全美国熄灭电灯一分钟，以示哀悼。这是人们表达对爱迪生无限怀念之情最隆重的方式，也是人们献给这位伟大发明家的一曲无言的赞歌。

爱迪生开窍智慧：用"换轨思维"实现伟大发明

爱迪生被誉为"世界发明大王"，之所以能有如此多的发明不只因为他头脑聪明，更重要的是他对事物的观察力和良好的学习习惯，尤其是他的"换轨思维"——发现一个问题，他就设想用另一种方法、在另一个领域、换另一种途径来解决它。"换轨思维"的本质是一种知识迁移。它把一个领域内的知识迁移到另一个领域，从而让"旧知识"在"新领域"内发生化学反应，产生全新的灵感。

下面讲一个关于爱迪生"换轨思维"的小故事。

一天，爱迪生在实验室里工作，他递给助手一个没上灯口的空玻璃灯泡，对助手说："告诉我灯泡的容量。"说罢他又低头工作了。

过了好半天，他问："容量是多少？"助手说："我正在计算。"爱迪生看见助手正在满头大汗地拿着软尺测量灯泡的周长、斜度，并用测得的数据进行各种复杂的计算。爱迪生说："时间，时间，怎么费那么多的时间呢？"

爱迪生走过来，拿起那个空灯泡，向里面倒满了水，然后交给助手，说："把里面的水倒在量杯里，然后告诉我它的读数。"

助手恍然大悟。

爱迪生"换轨思维"的特点

1. 必须实用

1868 年底，爱迪生以报务员的身份来到波士顿，同年他获得了第一项发明专利权。这是一台自动记录投票数的装置，也就是"投票计数器"。爱迪生认为这台装置会改善国会的投票工作并且一定会受到欢迎，但是事与愿违。一位国会议员悄悄告诉他有的时候"慢慢地计票"是出于"政治上的需要",因此爱迪生决定再也不创造人们不需要的发明。

这个小故事充分显示了爱迪生看重的是发明的实用性——他必须发明出真正能用的东西。尽管爱迪生一生有上千种发明专利,但他大多数的发明都算不上首创,而是在前人初创的基础上进一步加工,使其真正能在生活和生产中派上用场。这就是爱迪生的"换轨思维"——站在前人的肩膀上,继续推进,不断越位,使这个东西最终能真正应用于实际。

2. 放松大脑

据说,爱迪生在遇到棘手难题时,往往不是继续努力钻研,而是放下手头的工作去小睡一会儿。他会手拿一个铁球,然后坐在躺椅上,让身体逐渐放松下来,任由大脑进入另外一种似睡非睡的状态,让大脑充分"换轨"。而爱迪生一旦真正睡着,他手中的球就会滑落,铁球掉落的响声将惊醒他。在这一瞬间,爱迪生就会抓住"换轨"思维留下的碎片,突破旧的思维束缚,找到新的解决方案。这提醒我们,"换轨"是一个放松大脑的好办法，它可以帮我们在放松状态下思考要解决的问题，或进行任何需要创造力的工作。

3. 在前人止步的地方起步

我们都知道，爱迪生最著名的贡献是发明了电灯。其实电灯并不是爱迪生首创。爱迪生之所以被称为电灯发明者，是因为他真正让电灯变得廉价、方便、持久，发挥了电灯的真正用途。在改进电灯方面，爱迪生的"换轨思维"体现在两个方面：

（1）找到使用寿命更长的灯丝，让电灯长久持续地发光；

爱迪生改进电灯

（2）为电灯提供全套支持系统，让电灯照明切实可行。

1879 年 10 月 22 日，爱迪生点燃了第一盏真正有广泛实用价值的电灯。为了延长灯丝的寿命，他又重新实验，大约试用了 6000 多种纤维材料，才找到了新的发光体——日本竹丝（可持续发光 1000 多小时），达到了耐用的目的。

另外，为了推广新技术，爱迪生还动手修建了配套的基础设施。他四处寻求资本支持，铺电缆，建发电站。1881 年，在巴黎世博会上，爱迪生展出了一台重 27 吨、可供 1200 只电灯照明的发电设备。就这样，电灯自然而然地代替了原来的煤气灯，在世界各地逐渐普及起来了。他在研发的同时，还书写全套技术方案。从这个角度看，世人认为是爱迪生发明了电灯也算是公平合理的。爱迪生的伟大在于他让电灯真正有了长时间可持续使用的灯丝，同时提供一整套的电力支持系统，让电灯能真正出现在世界各地的大街小巷，温暖千家万户的夜晚，而不是象征性地照亮剧场几分钟的"创意噱头"。这一发明创造的终极意义可以说是"换轨思维"的产物，爱迪生做到了。

纵观人类科学技术史，真正青史留名的大师巨匠往往都不是初创者，他们往往站在前人的肩膀上，在前人止步的地方起步，集前人之大成，把不完备的、不实用的、过于奢侈的初创品变成可以大规模实际应用的日常品，从而真正改变人类的生产和生活。

4."歪打"更容易"正着"

在爱迪生众多的发明创造中，最引起当时社会震惊的是留声机。让一个机器能像人一样说话，这在当时太过于神奇了。

1877年秋天，爱迪生发明的留声机轰动了整个纽约，各家报馆的新闻记者潮水般涌来报道这一特大新闻。这一发明一经传出，引发当时社会急速而巨大的狂热达数月之久，铁路特开专车前去参观地。许多人开始不相信这个发明，怀疑他事先在里面藏了个什么会说话的东西来骗人。有个教堂的主教用最快速度对着收音盘背诵《圣经》中的一串专门名词，当这些名词一字不漏地被机器重复出来时，人们才相信这东西确实不是虚假的。

爱迪生这项著名的发明，也是"换轨思维"促成的。有一次，爱迪生一人在安静的实验室里研究如何改善在纸带上打印符号的电报机。这时，电报机内的一种单调的声音吸引了他。在试图排除这种声音时，爱迪生出乎意料地发现，这是纸带在小轴的压力下发出的声音。在改变小轴的压力时，声调的高度也随之变化。这就使他产生了一个念头：借助运动载体上深度不同的沟道来记录和回收声音。

无独有偶，爱迪生在另一次做电话实验的时候，发现传话筒里的膜板随话声而震动。他找了一根针，竖立在膜板上，用手轻轻按着上端，然后对膜板讲话。实验证明：声音愈高，颤动愈快；声音低，颤动就慢。这个发现，更加坚定了他发明留声机的决心。

几天后，爱迪生就画出了草图，并立即和助手行动起来。留声机的主要部件，是一个金属圆筒，圆筒边上刻有螺旋槽纹，把它按在一根长轴上，长轴一头装着曲柄，摇动曲柄，圆筒就会相应地转动。此外，还有两根金属小管，管的一头装有一块中心有钝头针尖的膜板。经过无数次的改造，世界上第一台留声机诞生了。爱迪生回忆说："我大声说完一句话，机器就回放我的声音。我一生从未这样惊奇过。"

　　发明留声机之后，爱迪生继续发挥他的"换轨思维"，对留声机一改再改，不断完善，他仅在留声机上的发明专利权就超过了一百项。实际上，一个多世纪以来，电唱机、磁带录音机、磁带录像机、激光声像机相继问世，追溯其源头，都得益于爱迪生的"换轨思维"。

爱迪生发明留声机

如何用"内容置换"实现"情绪换轨"

在学习方面，先调整好心情，才能做好事情。在自我情绪管理方面，心理学上有一个重要概念——内容置换。

内容置换是"换轨思维"的一个具体操作方式。在这里，我们分享三种"情绪换轨"的内容置换方法：一个是用"多巴胺"来实现愉悦体验，一个是用"血清素"来实现心态平和，还有一个是用"内啡肽"来实现精神超越。

1. 用"多巴胺"来实现愉悦体验

多巴胺是一种神经传导物质，是用来帮助细胞传送脉冲的化学物质。这种脑内分泌物和人的情欲、感觉有关，它能传递兴奋、愉快的信息。2000年，科学家阿尔维德·卡尔森因为确定了多巴胺为脑内信息传递者的角色，获得了诺贝尔医学奖。多巴胺是人体天然的化学物质，主要负责将身体发出的信号传到大脑，并且强化脑皮质发出的动作指令。多巴胺能给人带来快乐的感觉，身体缺少了多巴胺，人就会情绪低落、精神萎靡。

多巴胺主要有三个功能:运动控制、行为选择和强化学习。因为多巴胺在控制大脑行为时有一种"犒赏机制",会让人产生依赖性上瘾行为——你做了一次后,还会想做第二次。一般来说,我们获得奖赏都是有实质性的反馈的。比如一个苹果,这个苹果的味道和触感等物理性质信息在转换为神经信息后与奖赏系统相勾连,你就知道苹果是好吃的而再去吃苹果。

多巴胺会影响我们的感觉、情绪甚至学习能力。除了服用相关药物和食用特定食物,能促进大脑多分泌多巴胺的行为就是运动。研究指出,进行任何有氧运动10分钟后,沮丧的感觉就能有所改善,20分钟后多巴胺浓度会达到最高。因此,选择适合自己的方式,规律训练,就能提升多巴胺浓度。

不过要注意的是,如果每次动作都固定不变,多巴胺也会感到疲劳,造成分泌减少的结果。因此,在设计运动时多些变化,让大脑有新鲜感,多巴胺的分泌就会增多。例如,当你感觉到有压力时,可以通过下面动作来促进多巴胺分泌,从而实现压力宣泄:

一吐为快——倾诉宣泄法；

开怀大笑——欢乐宣泄法；

放声痛哭——流泪宣泄法；

仰天长啸——呐喊宣泄法；

奋笔疾书——日记宣泄法；

有氧慢跑——运动宣泄法。

2. 用"血清素"来实现心态平和

血清素在人体中扮演着重要的角色，它在神经细胞之间发挥沟通作用，并且在细胞之间传递神经冲动。神经细胞之间的沟通能够顺利进行，人体就会感觉轻松自在，所以人可以通过促进血清素分泌来实现心情平和。如果血清素水平保持正常，身体就会处于良好状态；如果血清素水平太低，身体机能就不能按照预期运作，这就是引起抑郁或暴力倾向的根源。压力、饮食不良、接触有毒物质和激素水平变化，都可以导致血清素缺乏。

下列行为都能促进血清素的分泌：

刻意保持微笑；

有意识地深呼吸；

哼自己喜欢的歌曲；

专心地种花浇花；

换灯泡让室内更明亮；

学习做针线活；

制订一个愿望清单；

与宠物一起玩；

吃几块巧克力，反复咀嚼；

认真擦皮鞋直到光亮如新；

让卧室透进一缕阳光；

在床前铺一块小地毯；

每天对自己说"我是最棒的"；

幻想三年后的美好场景。

3. 用"内啡肽"来实现精神超越

内啡肽是一种脑下垂体分泌的类吗啡生物化学合成物激素。内啡肽可以帮助人保持年轻快乐的状态，所以内啡肽也被称为"快感荷尔蒙""年轻荷尔蒙"。在内啡肽的激发下，人的身心处于轻松愉悦的状态，免疫系统就会得以强化。

内啡肽可以对抗疼痛、振奋精神、缓解抑郁，还能帮助我们抵抗哀伤，激发创造力，提高工作效率等。在人际关系方面，内啡肽让人充满爱心和责任，积极向上，愿意和周围的人交流沟通，内心充实平静，对自己认可，对未来充满信心。例如，寒窗苦读12载的学子终于考上了理想的大学，接到通知书的那一刻，如果抽取血样，其血液中内啡肽的含量一定超标。

内啡肽是一种让人从磨难、压抑、忍受、坚持、痛苦等感受中升华出快乐的激素。只有长时间地处于某种"痛苦状态"，内啡肽才会汹涌澎湃。这就是有些人喜欢跑马拉松等运动的原因。长时间的严苛自律，会把肌肉内的糖原耗尽，只剩下氧气，大脑就会打开内啡肽分泌的闸门。所以，苦行僧般的严苛自律，本质上是一种促进内啡肽分泌的活动，因为"延迟满足"比"为所欲为"更能促进内啡肽的分泌。

美国一家科研机构在总结了大量杰出人士成功规律的基础上，归纳出了内啡肽分泌程度与成功具有相关性。这一过程通常有四个阶段：产生兴趣→变得认真→全力投入→开拓创新。

如何才能产生兴趣？要把复杂技能分解成简单的

组成部分，以便反复练习；练习中要进行有效分析，确定你的不足之处；想出各种办法来弥补你的不足，或者努力去复制杰出人物的行为，不断地尝试。

如何才能变得认真？当你看到初步成效，并认识到这件事的价值的时候，你就会更认真。在这个阶段，专注和投入的练习状态至关重要。

如何才能全力投入？这个时候，动机的强化已经达到一定程度，需要培养各种习惯帮助自己继续前行。强化前行的理由，就是相信自己会成功，决不会半途而废、轻易放弃。在前行中，尽量获得身边人的鼓励，弱化停下脚步的理由。

如何才能开拓创新？在一个领域中，你已经成为高手，传统的方式已经不能刺激你内啡肽的分泌，你就会尝试新的方式。所谓"艺高人胆大"就是这个道理。

最后，我们综合分析一下多巴胺、血清素和内啡肽三种快乐因子的区别和联系。

多巴胺带来的更多的是"快感式"生理愉悦，类似于饥渴。

血清素带来的更多的是"平和型"情绪调节，类似于宁静。

内啡肽带来的更多的是"成就感"精神升华，类似于幸福。

这三种物质中，内啡肽带来的快乐最持久、最真实、最有意义，但同时它也最需要付出努力。爱迪生之所以能一辈子保持旺盛的创造力，就是因为他是一位内啡肽分泌旺盛的科学家。

延伸阅读：爱迪生的"相对论"

爱迪生未成名前是个穷工人。一次，他的老朋友在街上遇见他，关心地说："看你身上这件大衣破得不像样了，你应该换一件新的。"

"用得着吗？在纽约没人认识我。"爱迪生毫不在乎地回答。

几年过去了，爱迪生成了大发明家。

有一天，爱迪生又在纽约街头碰到了那个朋友。"哎呀，"那位朋友惊叫起来，"你怎么还穿这件破大衣呀？这回，你无论如何要换一件新的了！"

"用得着吗？在纽约已经人人都认识我了。"爱迪生仍然毫不在乎地回答。

爱迪生开窍金句

1.天才就是1%的灵感加上99%的汗水,但是这1%的灵感比那99%的汗水更重要。

2.读书之于精神,恰如运动之于身体。

3.教育之于心灵,犹雕刻之于大理石。

4.惊奇就是科学的种子。

5.如果你希望成功,当以恒心为良友。

6.荣誉感是一种优良的品质,因而只有那些禀性高尚、积极向上或受过良好教育的人才具备。

7.失败也是我需要的,它和成功对我一样有价值。

爱因斯坦

——如何用"三个小板凳"打造学霸思维基因?

"如果给我 60 分钟的时间让我解决一个生死攸关的问题，我将花 55 分钟来研究问题，花 5 分钟去寻找答案。"20 世纪人类最伟大的科学家爱因斯坦说。诚然，问题彻底研究透了，答案也就出来了。但是如何研究，这却是一个十分重要的问题。

在这一章，我们将和您共同探讨"三只板凳"背后的顶级开窍智慧。我从三次落榜到美国博士后的"逆袭"，靠的就是"三个小板凳"的思考方法。

爱因斯坦

爱因斯坦伟大成就

爱因斯坦是人类历史上最具创造性智慧的科学巨匠之一。他一生中开创了现代物理学的四个领域：狭义相对论、广义相对论、宇宙学和统一场论。他是量子理论的主要创建者之一，在分子运动论和量子统计理论等方面也做出了重大贡献。爱因斯坦被称为20世纪最伟大的科学家、思想家。他的科学思想、哲学思想都是惊世骇俗、振聋发聩的。爱因斯坦对现代物理学的贡献至今几乎无人可以匹敌，他在科学生涯中始终孜孜以求，探寻物理学领域内普遍的、恒定不变的规律。他的理论几乎涵盖物理界的一切基本问题，大到宇宙，小到次原子粒子。他修正了时间和空间、能量和物质的传统概念。他的相对论不仅冲击了牛顿以来经典物理学理论体系，还改变了传统的时间、空间观念。

爱因斯坦开创了现代科学技术新纪元，被公认为继牛顿之后最伟大的物理学家。1999年12月，爱因斯坦被美国《时代周刊》评选为20世纪的"世纪人物"

（Person of the Century）。杨振宁曾经说过："20 世纪物理学的三大贡献中，两个半都是爱因斯坦的。"霍金也曾评价说："在过去的 100 年中，世界经历了前所未有的变化，其原因不在于政治，也不在于经济，而在于科学技术——直接源于先进的基础科学研究的科学技术。没有别的科学家能比爱因斯坦更代表这种科学的先进性。"

爱因斯坦传奇人生

阿尔伯特·爱因斯坦 1879 年 3 月 14 日出生于德国乌尔姆市的一个犹太人家庭。1880 年，爱因斯坦随父母迁居慕尼黑。

1882 年，3 岁的爱因斯坦还不会说话，他总喜欢静静地坐在客厅里，歪着脑袋认真地倾听母亲弹琴。母亲看着他那聚精会神的憨样，开心地笑道："瞧你一本正经的模样，简直就像一个教授！嗨，我的小宝贝，你为什么不说话呀？"爱因斯坦动了动嘴唇，没有回答母亲的问话，但他那对亮晶晶的眼睛却闪烁着智慧的光芒，他的内心已经体会到音乐的优美流畅。

很多人不知道,爱因斯坦不仅是一位科学巨匠,还是一位杰出的音乐家,他的小提琴拉得极好。

爱因斯坦小时候不喜欢和小伙伴玩,三四岁了还不大会说话,他总是一个人静静地坐在客厅的角落里搭积木。父母有点儿着急了,为他请来了医生,却没有检查出什么毛病。

小爱因斯坦在常人眼里并不是一个聪明的孩子,这一方面是因为他说话很晚,另一方面是因为他总会提出一些稀奇古怪的问题。人们无法理解,这个幼小孩子所提出的貌似可笑无知的问题,原来是出自对未知世界的强烈求知欲。爱因斯坦那被人误认为平庸甚至低能的小脑瓜里,充满了对这个神奇世界百思不解的问题。

1900 年,爱因斯坦毕业于瑞士苏黎世联邦理工学院,加入瑞士国籍。1905 年,爱因斯坦获苏黎世大学物理学博士学位,在苏黎世工业大学担任教授。当年,他提出光子假设,成功解释了光电效应,创立狭义相对论。1915 年,爱因斯坦创立广义相对论。爱因斯坦的相对论在当时难以被人们理解和认可,有很多人反对他的学说。据说当时有一本书，叫作《100名科学家证明：爱因斯坦错了》。爱因斯坦听说以后，哈哈大笑："要是我真的错了，1个人出面证明就够了，何必要硬凑100人呢？"

这个事情的真假已经难以考证，但是，相对论在当时确实是一个非常难以理解的理论。当时的诺贝尔评奖委员会的专家们觉得这可能是一个跨时代的伟大理论，但是又不能完全断定相对论一定是对的。如果因为相对论授予爱因斯坦诺贝尔奖，万一后来证明是错的，那诺贝尔奖将为此蒙羞（历史上发生过这种事）；如果相对论是对的，如此伟大的理论竟然被诺

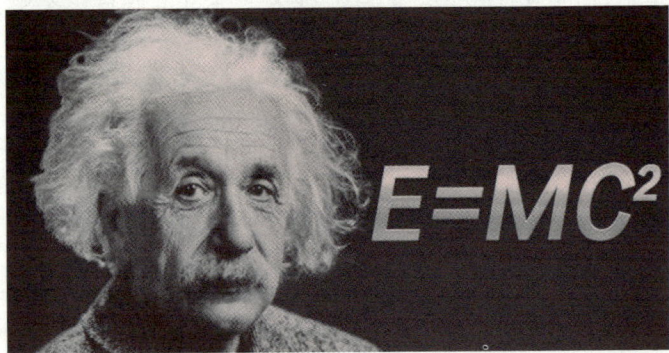

爱因斯坦与他的相对论数学因子

贝尔评奖委员会遗漏,那诺贝尔奖的含金量又将大打折扣。所以,最后诺贝尔评奖委员会采取折中的办法:还是授予爱因斯坦诺贝尔奖,但不是授予他所提出的相对论,而是授予光电效应理论。所以,爱因斯坦因为1905年提出的光电效应理论获得了1921年诺贝尔物理学奖。近年来越来越多的高能物理现象被发现,狭义相对论已成为解释这种现象的一种最基本的理论工具。其广义相对论也解决了一个天文学上多年的未解之谜——水星近日点的进动(这是牛顿引力理论无法解释的);

授予爱因斯坦的诺贝尔奖证书

在此基础上，后来被验证了的光线弯曲现象也被推断出来，这成为后来许多天文概念的理论基础。

1913年爱因斯坦返回德国，担任柏林威廉皇帝物理研究所所长和柏林洪堡大学教授，并当选为普鲁士科学院院士。一战过后，他受到德国纳粹政权的迫害。1933年，爱因斯坦离开德国迁居美国，担任普林斯顿大学教授，从事理论物理研究工作。

1938年，美国西屋电气公司为了配合将于次年举办的纽约世博会，依照其"未来世界"的主题，决定送给5000年后的

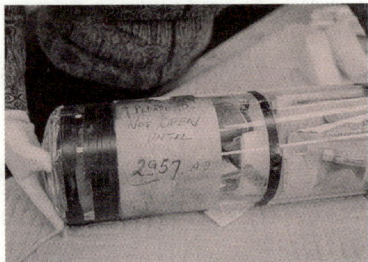

"时间舱"

人们一份特殊礼物。最后他们决定用铬铜合金制作一个"时间舱"，将送给未来世界人们的礼物放置在这个"时间舱"里。在1938年埋下的"时间舱"里，有爱因斯坦写给5000年后人们的一封短信。

1940年，爱因斯坦发表了一篇著名论文《我不信仰一个人格化的神》。1955年4月18日，爱因斯坦因

为动脉瘤破裂于美国新泽西州普林斯顿逝世，享年 76 岁。爱因斯坦去世的当夜，病理医师打开了爱因斯坦的头骨，往脑动脉中注入防腐剂，把大脑泡进特定药水里，这颗堪称历史上最聪明的大脑被保存起来。

2009 年 10 月 4 日，爱因斯坦被诺贝尔基金会评选为诺贝尔奖百余年历史上最受尊崇的三位获奖者之一（其他两位是 1964 年和平奖得主马丁·路德·金、1979 年和平奖得主德兰修女）。

爱因斯坦开窍故事：三个小板凳

爱因斯坦小的时候似乎是一个"笨小孩"。有一次上课，老师布置了做手工的家庭作业。第二天一上课，同学们就争先恐后地拿出自己的作品，有千纸鹤，有泥娃娃，有小玩偶……都做得又精致又漂亮。小爱因斯坦交上的却是一个做得很粗糙的小板凳，其中一条凳腿还钉歪了。女教师把小板凳拿到手里，十分不满地对全班同学说："世界上还有比这个小板凳更糟糕的小板凳吗？"同学们哄堂大笑。小爱因斯坦涨红了脸，但是他坚定地站起来对教师说："有。还有比这更糟糕的小板凳。"老师震惊了，教室里也一下子静下来，大家都不知所措地看着爱因斯坦。这时，爱因斯坦从自己的小书桌下拿出一个更为粗糙的小板凳，对老师说："老师，这是我第一次做的。"然后又拿出一只也很粗糙的小板凳，对老师说："这是我第二次做的。刚才您手里拿的那个是我第三次做的。尽管这第三个小板凳也不精致，但是比前两个要好多了。"

这个故事有什么寓意呢？我相信大部分老师都会这样总结：这个故事教育我们，做任何事情都要精益求精、坚持不懈、持之以恒等等。这种解释对吗？完全正确。但是有用吗？一点儿用没有。

列宁说过："真理都是具体的，没有抽象的真理。"毛泽东主席说："具体问题具体分析是马克思主义活的灵魂。"对于《三个小板凳》的故事，我们绝不能得出那种抽象的"精益求精""坚持不懈"等大而无当的启发，而应该把这些启发具体化，把笼统的要求变成具体的、可以执行的标准。

有些小学生，因为年纪小，所以考试的时候往往很粗心。如果你是家长，怎么才能让孩子不粗心呢?
你要是考试前提醒孩子:"考试要认真!"这种要求一
点没用。什么叫认真? 怎么做到认真? 孩子还是不知
道。你要这样做:考试之前在孩子手背上写上"题目
看两遍"。这才管用，因为这给了孩子认真的具体标
准。 我们经常说:布置工作给标准，不要提要求。什
么叫要求? 什么叫标准? 要求是领导者的意愿，标准
是执行者的动作。把要求变成具体动作，才叫标准。

我可以坦诚地告诉大家，爱因斯坦《三个小板
凳》故事是我写本书的第一动因。正是因为这个小故
事，我才产生了去收集、研究其他巨匠小故事的念头，
并把这些故事和背后的智慧写成一本书。一个小故事，
之所以能流传多年，背后一定有与人类思维、与智慧
深层本质相切合的地方。我们的任务就是把这些地方
挖掘出来，阐释明白，将其变成可以学习和复制的具
体步骤，让更多的人可以看到并学会其中的方法，从
而极大地提升自己的认知能力。

爱因斯坦开窍智慧：用"三个小板凳"挖掘深层思维

《三个小板凳》对我最大的启发就在于：做任何事情，一定要具体问题具体分析——想一层、想二层、想三层，在"第三个小板凳"之前绝不出手。小爱因斯坦就是这么做的。有了第一个小板凳不急着交，再继续努力做第二个小板凳，有了第二个小板凳也不急着交，再继续努力做第三个小板凳，直到有了第三个小板凳才交。虽然第三个小板凳也未必精致，但至少比前两个好多了。

凡事至少想三层！就这一个办法，改变了我的一生。我之所以能从一个小学考初中、初中考高中、高中考大学三次都落榜的"笨小孩"成为美国最顶尖大学的博士后、中国知名高校的教授，靠的就是这一个办法。凡事要有三个以上的答案再出手——想一个答案，不着急回答；再想一个更好的答案，不着急回答；再想一个更更好的答案，再回答。到这个时候，我敢保证你的想法一定"不鸣则已，一鸣惊人"，你的做法一定"不飞则已，一飞冲天"，你的方案一定"不提则已，一提举座震惊"！

下面讲一个考生考上北大的故事：

最后一门考试刚结束，一位考生交上卷子，就收起行李、背上书包直接去北大报到了。

北大门卫拦住他："你是干吗的？"

考生说："我是北大的新生，我来报到。"

门卫说："刚考完试，还没阅卷，你怎么就能知道你会考上？"

考生反问："你们北大今年录取新生吗？"

门卫说："当然录取。"

考生说："只要北大今年还录取一个人，这一个人就是我。"

读了这个故事，您是嘲笑这位考生的狂妄呢，还是从中悟出了什么道理？

我个人认为，这位考生之所以如此"狂妄"，就在于他使用了"三个小板凳"的思维方式。遇到题目，他不是上手就做，而是思考三个层面的问题：

"第一个小板凳"：老师出题意图何在？老师为什

么要出这道题？老师表面上考什么？背后要考什么？先把老师的出题意图研究透彻再答题，所写答案才能直击要点。

"第二个小板凳"：其他考生怎么答题？他们会从什么角度切入？引用什么理论？结合什么案例？进行怎样的分析？"知己知彼，百战不殆"，把竞争对手研究清楚，才能真正超过他们。

"第三个小板凳"：我怎么做到鹤立鸡群？我的解答应该更深刻、更犀利、更有新意，让老师看了我的卷子眼前一亮、心头一震、拍案叫绝，给我打最高分。

这就是这位"狂妄"考生背后的底气。我从一个三次落榜的"笨小孩"到后来的逆袭蜕变也是得益于"三个小板凳"的思维方式。凡事至少想三层，就像英语中的"good、better、best"，逐层提升自己的思维，坚信自己一定会赢在境界上。

切记：你永远没有第二次机会给对方留下良好的第一印象。

怎么办？

唯一的方案就是：自己先给自己三次机会，有了第三个小板凳(第三个解决方案)之后再出手。

爱因斯坦是这样,牛顿也是这样,一个、两个、三个,一层、两层、三层,一旦具体问题具体分析了,距离彻底解决问题也就不远了。

苹果落地的"三个小板凳"

1. 苹果为什么往地下掉,不往月亮上飞?

(正确)

2. 因为苹果离地球近,离月球远。

(具体)

3. 苹果树无限高,离月球更近,苹果会往哪里掉?

(深刻)

爱因斯坦说过:"所有困难问题的答案,都在另外一个层面上。"这正是他"三个小板凳"思维法的典型体现。不要在第一个层面上就事论事地思考问题,而应不断向事物的深层本质逼近。重温一下我们前面说过的爱因斯坦的金句:"如果给我 60 分钟的时间来解决一个生死攸关的问题,我会花 55 分钟来研究问题,花 5 分钟去寻找答案。"把问题的前前后后、里里外外、上上下下、左左右右都研究清楚了,答案基本上也就出来了。

遇到任何问题，建议至少想三层：第一层做到方向正确，第二层做到想法具体，第三层做到思考深刻。

爱因斯坦开窍智慧延伸阅读

爱因斯坦说过："如果不能用生动形象的语言把一个问题说清楚，那就说明你还不懂这个问题。"以下几个关于爱因斯坦的幽默小故事，就十分典型地显示了他用形象的语言把问题说清楚的伟大智慧。

1. 妙解相对论

一次，一群青年学生簇拥着爱因斯坦，要他用"最简单的话"解释清楚相对论。当时，据说全世界只有几个科学家看得懂他关于相对论的著作。爱因斯坦对这些青年说："比方这么说——你同一个美丽的姑娘坐在火炉边，一个钟头过去了，你觉得好像只过了五分钟。反过来，你一个人孤单地坐在热气逼人的火炉边，只过了五分钟，但你却像坐了一个小时。喏，这就是相对论！"

2. 真实印象

爱因斯坦曾为一对年轻朋友证婚。几年后，那对夫妇带着小儿子来看他。孩子一看到头发蓬乱、不修边幅的爱因斯坦，就号啕大哭起来，弄得这对夫妇很难为情。幽默的爱因斯坦却摸着孩子的头，高兴地说："你是第一个肯当面说出对我的真实印象的人。"

3. 不敢偷看

爱因斯坦出席了一次为他举办的正式宴会。宴会上，男宾都打着领带，女宾都穿着裸肩的礼服。

他的太太因感冒未能参加，见爱因斯坦回家，就急忙询问宴会的情形。

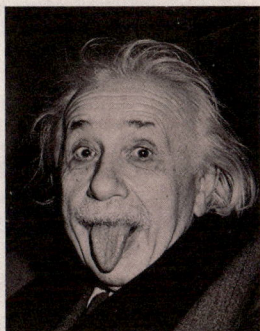
幽默的爱因斯坦

于是，爱因斯坦告诉她，今晚有哪些著名的科学家出席。

太太打断他的话，问："不要管那些，你告诉我太太们穿的什么衣服。"

"我可真的不知道，"爱因斯坦认真地回答，"从桌子以上的部分看，她们没有穿什么东西。在桌子以下的那部分，我可不敢偷看。"

4. 智慧记忆

有人问爱因斯坦："你知道声音的速度是多少吗？"爱因斯坦轻松答道："声音的速度是多少，我必须查词典才能回答。因为我从来不记在词典上已经印着的东西，我的记忆力是用来记忆书本上没有的东西。"

5. 动态国籍

20 世纪 30 年代，爱因斯坦有一次在巴黎大学演讲："如果我的相对论被证实了，德国会宣布我是个德国人，法国会称我为世界公民。但是，如果我的理论被证明是错的，那么，法国会强调我是个德国人，而德国会说我是个犹太人。"

6. 教授迷路

一天，美国普林斯顿高级研究所主任办公室的电话骤然响了起来。女秘书拿起话筒，听到电话里的声音："你能否告诉我，爱因斯坦博士住在哪儿？"秘书回答，她不能奉告，因为要尊重爱因斯坦博士的意愿，他不愿受到打扰。这时电话里的声音降低到近乎耳语:"请你不要告诉任何人,我就是爱因斯坦,我正要回家,可是找不到家了。"

7. 成功公式

一个爱说废话却不爱用功的青年,缠着爱因斯坦要他公开成功的秘诀。

爱因斯坦厌烦了,便写了一个公式给他:$A=x+y+z$。爱因斯坦解释道:"A 代表成功,x 代表艰苦的劳动,y 代表正确的方法⋯⋯"

"z 代表什么?"青年迫不及待地问。

"代表少说废话。"爱因斯坦说。

8. 巧记号码

爱因斯坦的一位朋友给他打电话。末了,她要求爱因斯坦把她的电话号码记下来,以便以后通话。"我的电话号码很长,挺难记。""说吧,我听着。"爱因斯坦并没有拿起笔。"24361。""这有什么难记的?"爱因斯坦说,"两打与十九的平方,我记住了。"

9. 爬行的甲虫

爱因斯坦的儿子问他:"爸爸,你究竟为什么能成为著名的人物呢？"

爱因斯坦听后，先是哈哈大笑，然后意味深长地说："你瞧，甲壳虫在一个球面上爬行，可它意识不到它所走的路是弯的，而我却能意识到。"

10. 巨型纸篓

美国普林斯顿大学聘请爱因斯坦做教授。爱因斯坦被带到普林斯顿大学他的办公室那天，有人问他需要什么工具。"我看，一张书桌、一把椅子、一些纸张和铅笔就行了。啊，对了，还要一个巨型纸篓。"他说。"为什么要大的？""好让我把所有的错误都扔进去。"

11. 时间与永恒

有一次，一个美国女记者采访爱因斯坦："依您看，时间和永恒有什么区别呢？"爱因斯坦答道："亲爱的女士，如果我有时间给您解释它们之间的区别的话，那么，当你明白的时候，永恒就消失了！"

12. 冷对热誉

在一次特意为爱因斯坦举行的舞会上，与会者喋喋不休地赞扬、吹捧他，让他坐立不安。爱因斯坦拍着沙发站了起来,说:"谢谢你们对我的赞扬!如果我相信这些赞扬是出自真诚的内心,那么我应该是一个疯子。因为我知道我不是一个疯子,所以我不相信,也不愿意再听到你们这些令人作呕的赞誉!"

13. 第四次世界大战

曾经有人问爱因斯坦:"如果发生第三次世界大战,您知道将会如何打吗?"

爱因斯坦回答:"我不知道,但我知道第四次世界大战一定是用石头和棍子。"

14. 最短距离

爱因斯坦在美国普林斯顿大学任教时,曾在暑假前的学期结束会上发表过一个简短而风趣的演说。当时学生们询问爱因斯坦在学术上有无新发现,他不得不即席宣布:"我有一个发现:两点之间的最短距离,是从暑假的开端到暑假的结束。祝诸位暑假愉快!"

15. 一个改变爱因斯坦的故事

爱因斯坦小时候十分贪玩。他的母亲为此忧心忡忡,再三告诫他,然而这些告诫对他来讲如同耳边风。一直到16岁的那年秋天,一天上午,父亲将正要去河边钓鱼的爱因斯坦拦住，并给他讲了一个故事。"昨天，"爱因斯坦父亲说，"我和咱们的邻居杰克大叔清扫了南边工厂的一个大烟囱。那烟囱只有踩着里边的钢筋踏梯才能上去。你杰克大叔在前面，我在后面。我们抓着扶手，一阶一阶地终于爬上去了。下来时，你杰克大叔依旧走在前面，我还是跟在后面。后来，钻出烟囱，我发现一个奇怪的事情：你杰克大叔的后背、脸上全都被烟囱里的烟灰蹭黑了，而我身上竟连一点烟灰也没有。"爱因斯坦的父亲继续微笑着说："我看见你杰克大叔的模样，心想我肯定和他一样，脸脏得像个小丑，于是我到附近的小河里去洗了又洗。而你杰克大叔呢，他看见我钻出烟囱时干干净净的，就以为他也和我一样干净呢，于是只草草洗了洗手就大模大样上街了。结果，街上的人都笑痛了肚子，还以为你杰克大叔是个疯子呢。"

爱因斯坦听罢，忍不住和父亲一起大笑起来。父亲笑完了，郑重地对他说："其实，别人谁也不能做你的镜子，只有自己才是自己的镜子。拿别人做镜子，白痴或许会把自己照成天才。"

爱因斯坦听了，顿时满脸愧色，从此离开了那群顽皮的孩子，时时用自己做镜子来审视和映照自己。

爱因斯坦开窍金句

1.想象力比知识重要。因为知识是有限的，而想象力概括着世界的一切，推动着人类的进步，并且是知识进化的源泉。严格地说，想象力是科学研究的第一因素。

2.在小事上对真理持轻率态度的人，在大事上也是不足信任的。

3.爱是比责任感更好的老师。

4.探索真理比占有真理更为可贵。

5.所有困难问题的答案，都在另外一个层面上。

6.教育就是一个人把在学校所学全部忘光之后剩下的东西。①

---

① 与此句意思相近的另一种形象化说法：竹篮子打水并不是一场空，打水的过程中篮子被洗得更干净了。

屠呦呦

——如何用"长期主义"实现人生伟大目标?

　　"春草鹿呦呦:青蒿一握,水二升,浸渍了千多年,直到你出现。为了一个使命,执着于千百次实验。萃取出古老文化的精华,深深植入当代世界,帮人类渡过一劫。呦呦鹿鸣,食野之蒿。今有嘉宾,德音孔昭。"这是在"感动中国"颁奖典礼上屠呦呦的获奖词。

　　经过几十年的默默付出,屠呦呦最终成为第一个获得诺贝尔科学奖的中国人。她是如何做到厚积薄发的?本章我们将从"长期主义"的角度来分析如何实现人生目标,如何用"分阶段实现大目标"的方式赢在终点。

屠呦呦

屠呦呦伟大成就

2015 年的 10 月 5 日,屠呦呦以抗击疟疾的药物青蒿素及其提炼技术获得诺贝尔生理学或医学奖,这是中国科学家首次获得该奖项。50 多年来,她带领团队攻坚克难,让青蒿举世闻名。 2016 年,屠呦呦荣获国家最高科学技术奖;2019 年,屠呦呦荣获"共和国勋章"。2019 年 1 月 14 日,英国广播公司发起了"20 世纪最具标志性人物"的票选活动,屠呦呦与"计算机科学之父"图灵、科学巨匠爱因斯坦、"镭之母"居里夫人同时入选。屠呦呦没有院士头衔、博士学位、留洋背景,甚至在权威杂志上发表学术论文的数量都不多,因此被人们戏称为"三无"科学家,但她却以杰出的医学贡献跻身其中,成为唯一入选的亚洲面孔。在获得诺贝尔奖之前,屠呦呦基本上是一位默默无闻的研究员。她 85 岁才获得人生最高殊荣,这种万众瞩目的高光时刻建立在她少年的志向、中年的拼搏、老年的坚持基础上。我们常说的厚积薄发,在屠呦呦身上体现得淋漓尽致。无论在任何领域,坚持不懈、坚韧不拔、坚定不移的长期主义精神都是我们获得伟大成就的必经之路。

屠呦呦传奇人生

屠呦呦出生于1930年12月，是家里5个孩子中唯一的女孩。《诗经·小雅》中有"呦呦鹿鸣，食野之蒿"的诗句，父亲从中撷取"呦呦"二字作为女儿的名字，希望她能够"蒿草青青，报之春晖"。他未曾料到，正是这株"小草"改变了屠呦呦的命运，也改变了人类的命运。

屠呦呦天资聪颖，但是求学经历并非一帆风顺。在16岁那年，她不幸患上了肺结核。这种病在中国古代一直是绝症，也就是从前人们闻之而色变的"痨病"。鲁迅先生的小说《药》中华小栓就是因为这种病而死去的。虽然这种病如今已不

读书时的屠呦呦

算重症,但那时依然很难治愈。屠呦呦是幸运的,殷实的家境、开明的父母、坚定的意志都成了她的坚实后盾,在不懈的努力之后,两年后屠呦呦彻底痊愈。

正是这场疾病使屠呦呦对自己的人生定位有了巨大的转变。在治病期间,作为病人的痛苦、良药的神奇以及病痛对于个人及家庭造成的巨大打击无不触动着这个风华正茂少女的心。18岁的屠呦呦不再是多愁善感的青春少女,她立志学医,悬壶济世,救民于倒悬。

青年屠呦呦身上插着一对翅膀:天赋与勤奋。她开始向着宏伟的目标前进,并顺利地实现了梦想的第一步。1951年,屠呦呦考入北京大学医学院药学系(现北京大学医学部药学院),选择了冷门专业——生药学。1955年大学毕业后,屠呦呦被分配至原卫生部中医研究院(现中国中医科学院)中药研究所,一直工作至今。1959年,屠呦

青年时的屠呦呦(右)

呦成为原卫生部组织的"中医研究院西医离职学习中医班第三期"学员，系统学习中医药知识，发现青蒿素的灵感也就是从此刻开始孕育的。

屠呦呦与青蒿素结缘于 20 世纪 60 年代，当时疟疾在全球肆虐成灾。疟疾在中国俗称"打摆子"，患者会感到忽冷忽热，轻则发热、头痛、呕吐，重则引发癫痫、昏迷甚至死亡。疟疾、艾滋病和癌症一起，被世界卫生组织列为世界三大死亡疾病。

对于这场席卷全球的"死神之镰"，当时的医学界没有任何办法，即使当时科学最发达的美国，曾经筛选过数十万个化合药物，也依然没有效果。当时的越南同时陷入战争与疟疾的两面夹击，数十万人命悬一线。面对如此境况，越南政府向中国请求支援。那时中国也筛选过中草药及化合药物四万多种，但是效果皆不明显。

1969 年 1 月，39 岁的屠呦呦突然接到紧急任务：以课题组组长的身份，与全国 60 家科研单位、500 余名科研人员一起，研发抗疟新药。她没有博士学位，没有出国留学经历，没有院士头衔。相比于医学领域的权威人士，她的分量无疑是单薄的，但畏难情绪从未出现在她的心中，"没有行不行的问题，只有肯不肯坚持的问题"，这便是屠呦呦的研发决心。

中年时的屠呦呦

在那个特殊年代，工厂停工，实验室关门，屠呦呦和她的同事们只好买来7个大缸，使用所谓的"土法"进行提炼。当时的科研场所没有通风系统，也缺乏防护措施，屠呦呦和课题组的同志们很快便出现各种身体问题：头晕眼花，鼻子出血，皮肤过敏……整整四年时间里，屠呦呦带领课题组夜以继日地研究，投入百分百精力，却始终没有突破性进展。不得不说，这是一段极其枯燥的岁月，一段充满挫败感的岁月。但屠呦呦丝毫不在意，而是继续以东晋的古方"青蒿对疟"为依据进行研究。最初阶段，研究院安排屠呦呦一个人工作。她仅用了3个月时间，就收集整理了2000多个方药，并以此为基础编撰了包含640种药物的《疟疾单秘验方集》。经过两年时间，历经数百次失败，屠呦呦的目光锁定中药青蒿：她发现青蒿对小鼠疟疾的抑制率曾达到 68%，但效果不稳定……

屠呦呦再次重温古代医书。东晋葛洪的《肘后备急方》中几句话引起她的注意："青蒿一握，以水二升渍，绞取汁，尽服之。"屠呦呦反复考虑这些问题，在数千次的实验之后，最终选取了低沸点的乙醚提取。经历无数次失败后，终于在 1971 年 10 月 4 日，编号为 191 号的乙醚中性提取样品研制成功，它对鼠疟和猴疟的抑制率都达到了 100%。

此时团队又面临着无实验对象的问题，此前的实验一直在动物身上进行，贸然在病人身上试药风险极高。在这种情况下，屠呦呦毅然挺身而出，以身试药。在这样无私的奉献精神与锲而不舍的研发态度之下，青蒿素终于研制成功。1973 年，新年钟声刚过，屠呦呦发现青蒿秘密的消息不胫而走。这种物美价廉的"神药"在广大贫困地区迅速得到推广，数百万人的生命得到了保障。古老的"中国小草"，释放出令世界惊叹的力量。

　　青蒿素的研制成功，为全世界饱受疟疾困扰的患者带来了巨大的福音。据世卫组织统计，现在全球每年有两亿多疟疾患者受益于青蒿素联合疗法。2021 年 6 月，世卫组织正式宣布，中国已完全消灭了疟疾。

　　2015 年，诺贝尔奖颁布，屠呦呦这个名字一夜之间家喻户晓，各家媒体争相采访，盛赞连连。面对着外界的喧哗和热闹，屠呦呦淡然地说："得奖、出名都是过去的事，我们要好好'干活'。"

屠呦呦开窍故事：191 号的来历

　　1972 年 7 月，屠呦呦和课题组的同事已经准备好用青蒿萃取液进行人体测试。这种萃取液的编号是 191。此前，190 次实验都失败了，第 191 次实验才发现了有效部分。在当时还没有关于药物安全性和临床效果评估程序的情况下，在自己身上进行实验，这是他们获得相关数据的唯一办法。屠呦呦说："做到青蒿这步，可以用的药已经都筛完了，前面大约试了 200 多种中药，提取方式加起来 380 多种。"

通过这个小故事，我们能看到屠呦呦做事的严谨和认真，这个世界上没有任何事情是可以在偶然间一蹴而就的。

屠呦呦开窍智慧：用"长期主义"攀上科研巅峰

屠呦呦获诺贝尔科学奖，不在于她有着多么超常的智慧，而在于她拥有长期主义的扎实态度和科研精神。

作为一位在"985工程"建设高校有着20多年执教经验的老师，笔者总结了大量杰出人士的特征。归纳一下，不外乎以下四种：

（1）有长远的目标，明确知道自己将来要做什么；

（2）有良好的学习方法，有扎实的基础；

（3）对自身有明确的认识；

（4）刻苦，自律。

毫无疑问，屠呦呦也是这样的。

在我们身边，大部分人都是短期主义者，只看眼前，甚至看到了才相信。而长期主义者却能凭借信念和精神，在看不到结果的情况下依然奋力拼搏。

短期主义：先看到，再相信。

长期主义:先相信,再看到。

举个小例子:麻醉技术和消毒技术是开创外科手术新纪元的双子星——麻醉技术给了医生施展技能的空间和时间,消毒技术给了病人生存的希望和保障。但是这二者的发展速度却有着天壤之别——麻醉的发展速度很快,因为手术中病人的疼痛是切实感受得到的;消毒的发展过程则极为曲折,因为病菌是难以看得见的。早期的时候,医生在给病人做手术时连手都不洗。匈牙利医生塞麦尔维斯发现,医生不洗手的习惯能直接导致妇产科病人暴发褥热。于是,每次进行手术之前,塞麦尔维斯都会先洗手,但是这个带有"消毒"意识的做法却遭到同行的耻笑。在付出了千百万患者术后死于感染等惨痛的代价之后,医学界才发现了"看不见"但是又切实存在的病菌,才开始亡羊补牢。现在全世界任何一家医院都在严格执行外科消毒标准。就算是一把普通的手术钳,从手术台上下来之后,也需要经过30多道程序的消毒处理,才能再次使用。

所以很多事不应在看到之后才相信。真正在看到之前就坚定自己的信念,伟大的结果才会最终实现。

1. 长期主义信念的三要素：正确、努力、坚持

什么叫信念？在看到结果之前，就坚信这个结果一定会实现。长期主义信念的三个要素是：正确、努力、坚持。

什么叫正确？选择与梦想一致的方向就叫正确。梦想在哪里，就朝着哪里前进，这就不会错。无论是实现中华民族伟大复兴的中国梦，还是成人成才实现人生价值的栋梁梦，都是如此。屠呦呦就是这样。她矢志不渝地研究青蒿，最终实现了自己悬壶济世的人生梦想。我们说，条条大路通罗马，只有放弃这一条例外。这个世界上没有绝境，只有绝望，就像屠呦呦自己说的那样："没有行不行，只有肯不肯坚持。"在看到结果之前，她和她的团队就坚信，一定会在青蒿这种神奇的植物中发现治疗疟疾的良药。我们的家长和同学们也应如此——坚持梦想，永不放弃。

什么叫努力？所谓努力，就是不断尝试以解决问题。不求毕其功于一役，而是一次次地尝试、总结、改进，一步步地接近最终的真理。屠呦呦就是这样。在提取青蒿素的过程中，她经常思考什么才是解决问

题的关键,然后不断地改进,直到出现新的改变。

什么叫坚持?所谓坚持,就是遇到困难绝不会放弃。1967年,中国启动旨在研究防治疟疾新药的"523"国家项目。全国60多家科研单位的500多名科研人员参加,屠呦呦担任中药抗疟组组长。当时科研设备陈旧、科研水平不高,不少人认为这个任务难以完成。屠呦呦却毫不动摇,广泛收集历代医籍,查阅群众献方,请教老中医专家。仅三个月的时间,屠呦呦就收集了2000多个药方,并在此基础上精选整理出包含640个方药的《疟疾单秘验方集》。在第一轮药物筛选与实验中,青蒿提取物对疟疾的抑制率不高,研究一度陷入僵局。"重新埋下头去,看医书!"屠呦呦的坚持带动着大家,厚厚的医书被翻得书角卷起。最终,屠呦呦成功了。坚持是一种赢的姿态。

2. 长期主义的步骤:分阶段实现大目标

长期主义精神,是人类最伟大的智慧之一。中国教育界有个著名的"钱学森之问":"为什么我们的教育总是培养不出大师级的人才?""钱学森之问"与"李约瑟难题"(尽管中国古代为人类科技发展做出了很多重要贡献，但为什么现代科学和工业革命没有在近代的中国发生？）一脉相承，它们都出自对中国的终极关怀。在国外，同一所大学出现几十位甚至上百位诺贝尔奖获得者的例子也不鲜见，为何我们14亿中国人却寥寥无几？屠呦呦之所以获奖，与其说是因为她的智慧，毋宁说是因为她的坚持。认准目标，不计名利，不看眼前，不怕辛苦，坚持点点滴滴地改进，这就是长期主义精神。历来大师级科学巨匠，都是长期主义精神的践行者。

所谓长期主义，就是把时间和信念投入能够长期产生价值的事情中，遵循第一性原理，坚持探求真理。要想做到长期主义，我们需要分解目标、降低难度、点滴进步。

笔者曾经三次落榜，从高考复读、专科、本科、硕士、博士一直到博士后，最终成为重点大学教授，也是分解目标、点滴进步的结果。

越善于分解目标，就离目标越近。日本著名马拉松运动员山田本一就是靠分解目标，把42.195千米的路程分解成七八个小阶段，最后取得冠军的。

在心理学上,有个著名的效应叫"目标性颤抖"。说的就是,如果目标定得过高,你过于想实现,但又觉得自己实现不了,就会在执行的过程中由于恐惧而不由自主地打哆嗦。当你对目标过度重视时,你的动机水平被调整到最佳水平以上,反而会导致注意力无法集中,最终难以完成任务。

凡事不要急功近利只看眼前。流水不争先,争的是生生不息。长期主义是一种最清醒、最深刻、最根本的智慧,它帮助人们建立理性的认知框架,不受短期诱惑和喧嚣嘈杂的影响。

人生没有白走的路,每一步都算数。长期主义不仅仅是一种方法论,更是一种价值观。时代变化越是迅猛,我们越是需要长期主义。即使在追逐利益为主要目标的商业界,大家也都承认:"高手都是长期主义者。"只有把时间拉长,我们才能在一个不确定的世界里得到确定的答案。只有长期主义者,才能"必然"取得最后的成功;短期主义者,往往只能得到"偶然"的成功,而难以得到最终的胜利。

屠呦呦开窍智慧延伸阅读

1. 杜威效应

杜威效应是著名教育学家杜威提出的，主要观点是：越是高等动物，童年发育期越慢越长；越是低能动物，童年发育期越短越快。他举例子说：小鸡作为较为低等的动物，从鸡蛋壳里孵出来就会啄米，但是一辈子只能啄米；小鹿、小羊一生下来很快就会跑，但是一辈子也就只能这样；作为高等动物的人，差不多要 18 岁以后才算成年，但是人类的成就远远大于任何动物。其实，就我们人类种族本身而言，很多大科学家如牛顿、爱因斯坦、爱迪生等小时候往往不是典型的"聪明孩子"，而那些所谓的"少年天才"最终成大器的却寥寥无几。

杜威效应是长期主义精神的极好写照。做大事，不能急于冒进，要真正着眼长远发展来看待问题。诚如古人所言："不积跬步，无以至千里；不积小流，无以成江海。"

2. 点滴改进,终成伟业

在 2003 年以前,英国自行车队是历史上最失败的车队。因为在过往的 110 年里,英国自行车车队没有在"环法"拿过一块奖牌。他们成绩糟糕到制造商都不愿意出售自行车给他们,怕自己的品牌蒙羞。但在 2008 年,也就是北京奥运会期间,英国自行车车手卷走了 60% 的金牌;在 2014 年的伦敦奥运会上,英国队在自家门口打破了 9 个奥运会纪录、7 个世界纪录;在 2014~2017 年间,英国车手居然拿到了 5 次"环法"冠军。

这支自行车车队到底经历了什么?答案在一个人身上——车队总经理戴夫·布雷斯福德。戴夫·布雷斯福德在 2003 年来到英国国家自行车车队担任教练,他提出了基于长期主义精神的"边际增益理论"。他们遵循这样一条原则:把与骑自行车有关的环

戴夫·布雷斯福德

节拆解，将每个分解出来的部分都改进 1%，汇总起来之后，整体就会得到显著提高。比如，他们会用酒精擦轮胎，以获得更好的抓地力；他们给每个队员配备专门的枕头和床垫，让队员在出差的酒店里可以快速入睡；他们甚至把车内涂抹成白色，以便于发现灰尘，这些灰尘会降低调教过的自行车性能……1% 的改进毫不起眼，但是几百个 1% 加起来的能量是巨大的。而且，有意思的是，这种改变不是渐进式的，而是跳跃式的。这个故事告诉我们：长期主义不是坚持重复一件正确的大事，而是坚持改进一件件小事。屠呦呦就是这样做的。

所以，在这里我要告诉各位读者朋友：坚持从点滴小事不断改进自己，树立信念，然后分解目标，一步一个脚印，这就是人类最伟大的智慧之一——长期主义。

屠呦呦开窍金句

1. 没有行不行，只有肯不肯坚持。
2. 目标明确、坚持信念是成功的前提。

3. 学科交叉为研究发现成功提供了准备。

4. 信息收集、准确解析是研究发现成功的基础。

5. 在困境面前需要坚持不懈。

马斯克

——如何用"因梦施教"改变人类的终极命运?

　　亲爱的读者朋友，当看到埃隆·马斯克作为"科学巨匠"被收录到本书中，您也许感到奇怪。如果您印象中的科学家还是一个白发苍苍在一堆瓶瓶罐罐中废寝忘食做实验的人，那说明您还生活在遥远的过去。

　　想想看：如果未来的某一天，地球上的人类乘坐猎鹰火箭上的飞船，冲出地球，直奔火星。在火星上过上了另外一种生活：出门开特斯拉，旅游乘坐超级高铁，随时随地在太空中上网，甚至可以通过大脑中的芯片实现永生……如果您觉得这一切都有价值，那么埃隆·马斯克就应该当之无愧地成为 21 世纪人类最伟大的"科学巨匠"之一。我们应该庆幸能与埃隆·马斯克这样的科学狂人生活在同一时代，与他一同创造并见证我们过去从未设想过的人类和宇宙的未来。

马斯克的出现，不仅标志着又一次科学技术跃进的开始，更标志着商业世界精神内核的一次升华。在马斯克的影响下，那些一度凋敝的伟大科学梦想将会再次放射光芒，人本主义、科学主义必将再次复兴。我们迎接的，是下一个英雄纪元，是科学的巨人再次行走在大地上的时代，而马斯克正是这场科技革命的起点。

本章将与您分享马斯克是如何对自己"因梦施教"的，正是这种改变人类命运的伟大梦想，真正让马斯克成为伟大人物。家长朋友应如何对孩子"因梦施教"呢？本章我们将详细讲解"海沃塔式聊天法"，让您在与孩子的聊天中引领孩子树立伟大理想。

埃隆·马斯克

埃隆·马斯克伟大成就

埃隆·马斯克所想、所做，都近乎疯狂——火星移民、脑机对接、宇宙星链、知识共享、能源循环……但关键的是，他吹的所有"牛"都已经实现或即将实现。而他本人却是没有一间房产、几乎不占用任何地球资源的世界首富。

以下是马斯克旗下的几家公司，每一家都史无前例。让我们来看看他究竟做了什么。

第一家：**特斯拉公司**（Tesla）

你是否设想过，地球上最常见的交通工具可以不使用地球上的能源？特斯拉就是一家通过电能和太阳能改变人类出行方式的公司。它成立仅仅几年就已经成为全球最大的车企。这也让马斯克坐上世界首富的位置。特斯拉的意义不在于它是一款新潮的汽车，也绝不在于"速度""省油""环保"，而在于使人类出行彻底抛弃石油等地球上的传统不可再生能源，实现可持续发展。

第二家：太空探索技术公司（SpaceX）

你是否设想过自己设计制造一艘火箭上天？太空探索技术公司就是全球唯一一家私人火箭发射公司，主要产品是猎鹰1—9号可重复使用的运载火箭。公司成立以来，发射火箭的次数超过美国航空航天局。星际飞船（Starship）原名大型猎鹰火箭（BFR），马斯克计划未来用它来进行载人绕月飞行、前往火星等太空探索。马斯克说过，猎鹰系列火箭是乘载人类到达火星的交通工具。或许某一天，人们去火星就像现在放假回家一样方便。

猎鹰火箭发射现场

第三家：太阳城公司（SolarCity）

你是否设想过地球能源耗尽之后我们靠什么生存？成立于2008年10月的太阳城公司设想过，而且已经着手去做。这是一家位于美国加州福斯特城专门发展家用光伏发电项目的公司。公司成立的目的是开发利用太阳能等宇宙能源，彻底摆脱对地球资源的依赖，为人类"后地球"时代寻找新的出路。马斯克投资该公司，也是为了研究外星球的电力技术。根据科学家的实验结果，火星的风速约为 7~35 千米 / 小时，所以风力发电理论上是可行的。但是风不可能每天都有，在不刮风的日子里该怎么办？而在火星上，太阳能是最充足的，所以，在火星上最方便的能源就是太阳能。

第四家：星链公司（Star Link）

你是否设想过我们未来生活在火星上的情形？星链公司是为未来人类登陆火星做准备的。我们有理由相信，未来 50 年内人类一定会登陆火星。可以想象一下，如果未来千百年内人类逐步在太阳系建立新的家园，那么星链模式必定会是未来通信方式的雏形。星链，致力于卫星系统的部署应用，计划于 2024 年前在太空搭建由约 1.2 万颗卫星组成的"星链"网络，其中 1584 颗部署在地球上空 550 千米处的近地轨道。

第五家：神经连接公司（Neuralink）

你是否设想过，未来人类将不用再花费大量时间去"学习"各种知识，人类所有的知识都能够通过脑机接口"插"进大脑？该公司就是一家致力于生物、物理交互研究的公司，其产品构想就是"脑机接口"。如果研发成功，人类大脑储存的记忆也能够通过脑机接口存储于物理磁盘中，这必将颠覆人类文明发展的历史进程。这是一项非常伟大且极具想象力的技术，如果研制成功，人类实现永生将变成现实。

第六家：无聊公司（The Boring Company）

你是否设想过，城市之间往来就像到超市买东西一样方便？该公司主要研发方向是地下交通轨道的建设。注意，这绝不是普通的地铁。该公司的设想是建设一个地下迷宫般的隧道网络，无数站点星罗棋布，人们可以乘坐无人驾驶汽车去到他们想去的地方。2020年2月和5月，该公司已在拉斯维加斯会议中心地下挖了两段隧道，作为整套地下人员运输系统的一部分。

第七家：人工智能研究公司（OpenAI）

你是否设想过，所有推动人类进步的重大科研成果都可以免费得到并使用？该公司是一家开放性的科研公司，在2015年成立的时候就把自己定位成"非

营利组织"，其所有研究成果将会全部公布并可免费使用。它的目标是以安全的方式实现人类通用的人工智能（AGI），使全人类

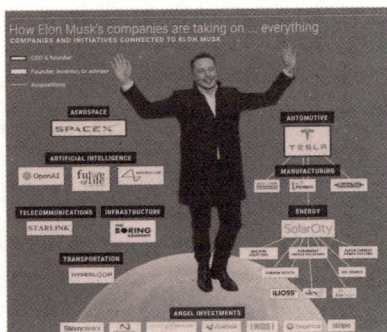

马斯克及其旗下公司

都能平等享受到人类文明发展的成果，而不仅仅是为公司的股东们创造利润。

2024 年伊始，视频生成模型 Sora 又掀起一场人工智能界的风暴。只要输入一段语音文字，它就能自动生成一段极其逼真的视频。这标志着人工智能在理解真实世界场景并与之互动的能力方面实现了重大飞跃。

埃隆·马斯克传奇人生

1971 年 6 月 28 日，埃隆·马斯克出生于南非的比勒陀利亚。他的父亲是一个英荷混血儿，在南非担任机电工程师；母亲是加拿大人，是一名模特，同时还兼任着作家和营养师的工作。1980 年，埃隆·马斯

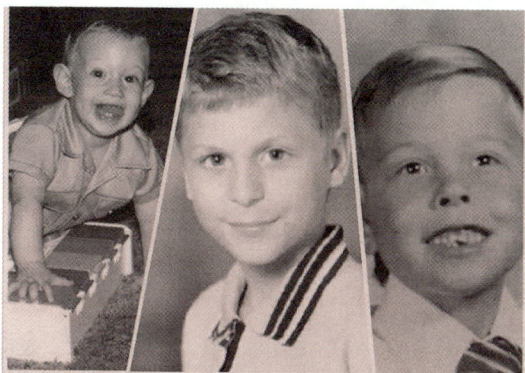

童年和少年时期的马斯克

克在父母离婚后跟随父亲生活。在父亲的启发下，埃隆·马斯克在小时候就对科学技术十分痴迷。他的父母智商都很高，都热爱科学，父亲对于物理学驾轻就熟，似乎知道每一种物理现象背后的原理。

1981 年，10 岁的埃隆·马斯克利用自己攒的零花钱和父亲赞助的部分资金买了人生中第一台电脑，之后又买了一本编程教科书，由此逐渐学会了如何编程。

1983 年，12 岁的埃隆·马斯克成功设计出一款名叫"Blastar"的太空游戏软件，赚到了人生的第一桶金。

1988 年，17 岁的埃隆·马斯克从比勒陀利亚男子高中毕业后离开家庭，只身前往加拿大，寄居于母亲的亲戚家中。

1989 年，埃隆·马斯克获得加拿大国籍，并于次年申请进入位于安大略省的皇后大学。

1992 年，埃隆·马斯克依靠奖学金转入美国宾夕法尼亚大学沃顿商学院攻读经济学。大学期间，埃隆·马斯克开始深入关注互联网、清洁能源、太空这三个影响人类未来发展的领域。埃隆·马斯克在取得经济学学士学位后，又留校一年拿到了物理学学士学位。

1995 年，24 岁的埃隆·马斯克进入斯坦福大学攻读材料科学和应用物理博士学位，但在入学后的第 2 天，埃隆·马斯克决定离开学校开始创业。

2005 年，34 岁的马斯克身价超过了 3 亿美元。在不满 40 岁时，他在互联网、清洁能源和太空这三个领域中的理想就已经初步实现。

马斯克开窍故事

1. 少年小"书虫"

幼年的马斯克是一个"书虫"，很小就可以连续阅读十个小时,一天读完两本书。他从小就喜欢读科幻类作品,比如《魔戒》和《银河系漫游指南》。到了小学三四年级,他就把学校和附近图书馆的这类书都读完了。此后,他开始阅读《大英百科全书》以及非小说类书籍。

马斯克从小性格内向,喜欢看书,而且拥有过目不忘的记忆力。课间十分钟,别的小朋友都在相互玩耍,而马斯克一个人静静地坐在座位上看书;节假日朋友们都出去玩了,马斯克依然在看书。

就是这样一个内向的马斯克,心中却有一个远大的梦想。星际穿越系列成为马斯克最爱看的书,也是马斯克梦想的起点,去火星、去星际遨游成为他的毕生梦想。

2. 拯救人类的大梦想

14岁的时候,马斯克读了一本叫作《银河系漫游指南》的书。该书讲述了地球毁灭后,仅剩的最后一个人和一个机器人去寻找新的星球作为家园的故事。这本书让马斯克确定了自己的人生目标,他认为自己这辈子的使命就是拯救人类。从那时起,让人类进入另一个新星球的计划就他的心里生根发芽。在后来的日子里，随着知识和见识的日益增长，马斯克对于人类的另一个移民目的地的认知越来越清晰，那就是火星。

3. 成为世界首富的科学家

马斯克成为世界首富这一件事有着非常积极的意义。马斯克做的新能源汽车、脑机对接和火星移民，都试图从根本上解决对人类文明发展影响最大的问题，旨在使人类文明能够更加长久地发展下去。财富是对一个人为社会作出贡献的最好奖赏之一。对马斯克而言，财富是他从事科学事业的副产品。财富越多、权力越大，责任也就越大。马斯克成为世界首富，这标志着财富最终回到了对人类文明进展贡献最大的人手里，这将会大大鼓励后世的人们把科学研究和人本精神作为真正的目标去追求。

4. 没有房产的首富

马斯克是全球房产最少的富翁。作为全球第一大富豪，马斯克宣布要抛售自己的所有房产，去租房住，或者住到朋友家里。他是这样说的，也是这样做的。马斯克已经抛售了他的几处房产。这种身体力行契合了马斯克的终生追求——摆脱现有的地球资源对人类未来发展的限制，同时，也带头尽量少占用地球资源。

5."第一推动力"的跨界链接

马斯克的科学事业核心集中在三个领域：新能源汽车、载人航天、脑机接口。这三个领域看似风马牛不相及，其实都是为同一目标服务，那就是使人类文明能够更加长久地保存和持久地发展下去。正是这种追溯人类文明发展深层本质的"第一推动力"精神，让马斯克真正把不同领域内的知识融会贯通，进而提出并实践自己的解决方案。他列出了当前人类面临的三个最重要的威胁：（1）人类无法获得可持续能源；（2）人类只存在于一个星球很危险；（3）人类将面临指数级发展的 AI 威胁。在马斯克看来，这三大危险，每一个都有可能彻底毁灭人类。

马斯克开窍智慧：用"因梦施教"实现人类梦想

马斯克的行为模式可以概括为：总结对人类文明最严重的威胁，从科技角度提出解决方案，并努力使其获得商业成功，以便可以获得更进一步的研究基础，进而使促进人类长远发展的科技成果从社会机制中获得内生的持续动力。

这些设想，马斯克早在十几年前就提出了，当时并不被人们认可，还经常遭到科技精英和民众的质疑。然而，马斯克通过自己的不懈努力，将这一切都变为了现实。马斯克的成功体现了他超凡脱俗的想象力和超前意识，他更像一个梦想家。难能可贵的是，马斯克能够凭借个人的努力，将梦想变为现实。

2000多年前，中国的圣人孔夫子主张"因材施教"，即按照每个人的才能来采取不同的教育方式。2000多年后，美国的狂人马斯克却实践了"因梦施教"，即按照每个人的梦想来采用不同的教育方式。

因材施教，注重的是特长和才能，目标是培养什么样的人才；因梦施教，注重的是理想和精神，目标是

"梦想家"马斯克

让人过什么样的人生。因材施教，可以培养出不同的栋梁；因梦施教，才能培养出整个森林。教育的目标是立德树人。一个人如果没有理想信念，没有梦想，没有道德，即使满腹才华，也极有可能沦为社会毒瘤，如学富五车的流氓、饱读诗书的汉奸、才华横溢的叛徒。所以，因材施教的前提必须是因梦施教，让人先有梦想、有信仰、有精神、有道德。人这一生，只有对别人有帮助、对社会有贡献、对人类尽责任，才算活得真正有价值，这个人才算是一个真正受过教育的人。

志不强者智不达。马斯克超强的智慧不仅仅来源于父母的卓越基因和少年时大量的阅读，更来源于他的宏伟梦想。在英国伦敦的海德公园里矗立着伟大革命领袖马克思的墓碑，上面刻着的墓志铭正是马斯克毕生的追求："哲学家们只是用不同的方式解释世界，而问题在于改变世界。"

改变世界、拯救人类，是马斯克从孩提时代就立下的信念，并且终生不忘、矢志不渝。

什么叫梦想？梦想就是你心中最强的愿望，是你吃饭也想、走路也想、睡觉也想、做梦也想，不达目的誓不罢休的追求。马斯克就是这样做的。大学毕业后，马斯克不想去大企业上班，反而想自己创业。他母亲拿出仅有的 4 万美元帮他租了办公室，马斯克的第一家创业公司叫作"Zip2"，主营业务是帮助企业在网上建立黄页。最后这家公司卖掉了。马斯克在 1996 年又创立了一家电子支付公司 X.com。本来马斯克是想在网上建立一套银行系统，方便大家在线支付。在 2000 年，X.com 与另外一家电子支付公司合并，成立了国际贸易支付公司 PayPal。2001 年，年仅 30 岁的马斯克成为全球最富有的年轻人之一，但是他只给自己买了一辆跑车，他要用剩下的钱完成自己更为远大的梦想。

2002 年，由于公司的内部斗争，马斯克被排挤并被踢出了管理层，但他并没有因此灰心，而是开始了第三次创业。同年 6 月，马斯克创立了太空探索公司 SpaceX。当他声称要开发只有世界上寥寥几个大国才能够制造的太空运载火箭的时候，舆论一片哗然。大家都认为这个硅谷的创业明星已经膨胀到精神失常。从 2006 年到 2008 年，该公司的三次火箭发射全部以失败告终。

第一次是因为引擎起火，第二次是因为没有进入预定轨道。第三次发射一开始进行得非常顺利，甚至连监控整个过程的SpaceX团队都已经准备迎接胜利了，一、二级火箭却在分离时突发故障导致彼此相撞，发射再一次以失败告终。SpaceX团队感受到了一种末日般的绝望和疲惫，有的人呆坐在座位上，有的人则放声大哭，而这时的马斯克也快要支撑不住了，因为公司账面上的资金仅仅只够他们做最后一次尝试了。

2008年上半年，马斯克变卖了自己的所有房产，并把换来的钱全部投入到企业运营中，准备放手一搏。如果第四次发射还不能成功，马斯克将会变得一无所有，并且负债累累。

与此同时，他与妻子的关系也已经恶化到无法挽回的境地，家庭和事业的双重打击让马斯克感受到了前所未有的绝望。

2008年9月28日，赌上了马斯克全部希望的第四次发射正式开始。当猎鹰一号正式进入轨道的那一刻，所有人都流下了泪水。马斯克知道，他再次做到了，在他的不懈努力下，一家只有 500 人的私营企业竟然真的完成了一项史诗级的国家工程。随后 SpaceX 从美国航空航天局拿到了 16 亿美元的订单，并最终成为全球航天业稳定的运营商。这一次次的成功，极大地夯实了马斯克年少时想要改变世界的梦想。

马斯克和他的追随者们，也许会为硅谷和整个商业界带来颠覆性的改变。纯粹的逐利主义将会被市场淘汰，高科技公司将会取代金融寡头成为人们奋斗的目标。企业家则会回归其传统，具有强烈的改变世界理想的冒险家、探索者，将会成为推动人类社会进步的领路人。在未来的史学家笔下，马斯克一定会成为与牛顿、爱迪生、爱因斯坦并列的伟大人物。

时至今日，马斯克的征程依然没有结束，其商业布局涉及神经网络、人工智能、智慧交通等各大领域，还有目前正在实施的将会彻底颠覆人类网络连接方式的全球星链计划。当然，除了地球以外，马斯克还计划于 2026 年登陆火星，建设火星城市，完成星际移民，并在未来一点点、一步步继续开拓并探索宇宙。

马斯克开窍智慧延伸阅读：用海沃塔式聊天法实现"因梦施教"

你的孩子有梦想吗？你有没有引导孩子树立梦想意识？

梦想教育是被很多家长忽略掉的。很多家长认为：孩子现在还小，能知道什么？先好好学习就行了，等长大了自然就知道自己的梦想了。事实上，很多人都没有自己的梦想，所以才会迷茫、焦虑，盲目地追寻。

教育家陶行知先生说过："人人都说小孩小，谁知人小心不小。你若小看小孩子，便比小孩还要小。"陶先生说这样的话，就是提醒父母们，不要总把孩子小当作理由，而忽略孩子的感受，漠视孩子的言行，不允许孩子有自己的看法，甚至很多时候不给孩子辩解的机会。当我们说"你还小，什么都不懂"时，其实就在无意中限制了孩子对世界的探索欲，也打击了孩子的好奇心，更没有尊重孩子。

梦想的力量是无穷尽的。家长要及早引导孩子树立梦想意识，让孩子从小就知道人生要有梦想，并且为了梦想去付出努力。

家长要引导孩子把自己的梦想意识具体化、步骤化，让孩子在实现梦想的过程中踏出节奏感、听到脚步声。

很多家长会觉得孩子太小，树立梦想太早了，其实，马斯克的例子证明，一点都不早，父母应尽早"因梦施教"，和孩子一起去规划未来的人生。学习就是拉弓，梦想就是靶子，如果孩子连靶子在哪里都不知道，那每天拉弓又有什么意义？

如何按照"因梦施教"的方式来教育孩子，让孩子从小就拥有远大的理想并为了理想一步步前进呢？这里给各位家长分享一个办法：海沃塔式聊天法。

海沃塔式聊天是最早流行于西方精英家庭中的父母与孩子的聊天模式。脸书创始人扎克伯格、谷歌创始人佩奇和布林，还有英特尔创始人格鲁夫、甲骨文创

脸书创始人扎克伯格

始人埃里森，他们都是在海沃塔模式教育下培养出来的。韩国釜山的一所小学曾对两个班的各 26 名学生分别进行了海沃塔式教学和普通教学。结果发现，相比普通班的学生，接受海沃塔式教学的学生们所具备的基础探究能力、综合探究能力及科学探究能力要高出许多。

2018 年，麻省理工学院的认知科学家刊登在《麻省理工科技评论》上的一项研究表明：儿童与父母交谈的频率越高，他们大脑中语言相关区域的活动就越强。

海沃塔式聊天不是闲话家常而是有意识地在固定时间与孩子就某一特定话题进行头脑风暴式的深入讨论。比如孩子有一天说想养一只宠物狗，父母这个时候不要一口回绝或者立马答应孩子的要求，而是要让孩子谈谈为什么想养狗、养狗的费用怎么解决、每天遛狗和打扫卫生的责任如何分配等等，甚至可以就此召开一个家庭会议，给孩子一个正式发表言论的机会。在这种有意识的聊天中，儿童与父母交谈的频率越高，他们大脑中语言相关区域的活动性就越强，而且孩子在被鼓励大胆说的同时还会学会怎么说，逻辑思辨能力也会得到提高。

应用海沃塔式聊天法，需要提前做好准备：（1）态度。家长要抱着认真参与的态度，放弃自己所谓"家长"的身份，要以朋友或者伙伴的姿态与孩子交流。家长要控制好自己那颗好为人师的心，不管孩子说了什么，都不要着急去下结论，或者去自以为是地解决孩子说的事情。（2）时间。 家长应该和孩子商议好固定的聊天时间，不要随意调整，比如每周六下午一家人坐在一起边喝茶边聊天。（3）主题。每次聊天都要有主题，要确定一个需要探讨或者解决的具体问题，不能漫谈，更不能闲扯。（4）仪式。每次聊天应该有仪式感，让孩子认识到家长对和他交流这件事的重视程度，这种有意识的聊天才是海沃塔式聊天法的精髓所在。有的家长心里有疑虑：一个普通的聊天而已，需要花费那么多的心思吗？ 也太累了吧！ 在这里，我要郑重提醒各位家长：童年时期的每一次沟通，都是在为长久的亲子关系打基础。如果基础打得不好，将来当孩子身上出现严重问题的时候，孩子会拒绝沟通，家长更是无从下手。十次说教不如一次好好聊天，这难道不是最轻松的教育方式吗？

一旦做好了准备，就可以按照下面的步骤开始和孩子聊天了。

1. 倾听和提问（聊开）

首先家长要关掉自己的声音，充分尊重孩子表达的权利，在任何情况下不要急着对孩子的发言下结论，而尽量多地运用开放式的提问，让孩子充分表达他的想法。举个例子，假如孩子跟家长商量能不能看会儿动画片再做作业，相信很多父母会说"不行，写完作业再看"。这样的聊天是一种结论式回答，一旦下了结论，孩子就没有表达的欲望了，孩子的思考力就被关闭了。我们可以换成提问式，比如"你为什么要先看动画片而不是先做作业"，这样孩子才会有话可说。当孩子倾诉完，家长可以表达自己的想法，通过开放式的提问鼓励孩子"多说一点"。当我们以大人的权威去制止孩子发表自己的言论时，也就错过了一次提升孩子自信的机会。

2019 年 8 月，有人在微博上晒出了一张和女儿的聊天截图（见下图）。

造成这种"斩首式"死亡聊天的情况，最主要的问题还是在家长身上。家长不懂海沃塔式聊天技巧，也不会提问，孩子对于家长的问题感到索然无味，只想赶紧结束交流。该聊天也显示出孩子平时处在一种粗放式的散养状态，严重缺乏理想教育：从情感角度讲，孩子

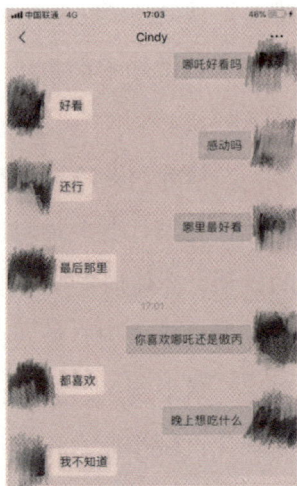

家长和女儿的聊天

对外界的感受混混沌沌；从思维角度讲，孩子自己的想法朦朦胧胧；从表达方式看，孩子语言表达干干巴巴；从理想角度看，孩子对自己的未来懵懵懂懂；从交流角度讲，孩子对妈妈的回答敷敷衍衍；从关系角度看，孩子和父母的相处随随便便……

这张图之所以在网上疯传，相信切合了很多家庭的亲子关系状态。家长朋友，如果您也面临这样的情况，那么，海沃塔式聊天法正是极佳的解决方案。其实，"海沃塔"（Havruta）的意思很接近英文单词

fellowship，即"伙伴关系"。海沃塔式聊天，即两人一组，通过提问、回答、对话、讨论来研究、学习某个问题。这种聊天不是闲扯家常，而是有意识的、有目标的、有倾向性的、在固定时间内进行的头脑风暴，能让孩子的思辨能力得到提升。

2. **探索和聚焦（聊深）**

海沃塔式聊天是要引领孩子集中注意力、围绕一个主题层层思考。这种聊天方式会让孩子主动思考他感兴趣的内容，进而培养孩子良好的思维习惯，而会思考的孩子做事情自然更有条理，更有目标性。有一位妈妈运用海沃塔式聊天法跟孩子沟通如可解决幼儿园里发生的冲突：

> 妈妈：你的玩具被抢了，是不是很不开心？（接受、理解孩子的情绪）
>
> 孩子：是的，妈妈，他抢我的玩具，可是我不同意。（孩子表达自己的感受）
>
> 妈妈：你和轩轩发生了什么事情？（探寻事情过程和真相）
>
> 孩子：那个玩具是我从家里带去幼儿园的，本来

在门口时老师要求我将它放回书包里。可是被轩轩看见了，他非要抢我的玩具。老师也不同意，可是他还是抢。（孩子表达事件过程）

妈妈：那如果到学校门口之前你就把玩具放回自己书包里，轩轩还会不会抢你的玩具呢？（引发孩子思考）

孩子：不会抢了，因为我先把玩具放进书包里，他看不到，自然就不会抢我的玩具了。（孩子自己得出结论）

经过这么一聊，孩子每次上幼儿园校车之前，都会仔细地把玩具放回自己的书包里，然后开心地坐车去幼儿园。海沃塔式聊天需要家长充分考虑孩子的感受，注重孩子的情绪表达；家长不会将自己的想法强加给孩子，也不会对孩子进行批判，更不会指责孩子并勒令改正。

3. 支撑和挑战（聊透）

这是进一步验证想法的过程。不论孩子有什么想法，都要按照层级步骤多问几个为什么，引导孩子给自己的想法找证据、找支撑。因此，聊天的过程中无论孩子抛出什么样的观点，家长都要让孩子自主找到证据来证明其观点的合理性。家长可通过不断反问孩子的想法让他逐步理清自己的思路，看到自己存在或忽略的问题，引发他更多的思考，而这个过程恰恰能够促进孩子思辨习惯和能力的形成。

除了能培养孩子的梦想、提升孩子的思考表达能力，海沃塔式聊天法还会极大促进亲子关系，增进亲子感情。

马斯克开窍金句

1.我犯下的最大错误是过度看重人的才能而不是人品。我认为拥有一颗善良的心至关重要。

2.我对改变世界或影响未来的事情感兴趣，对所看到的奇妙的新技术感兴趣。

3.我情愿在火星上死去，而不是坠毁其上。

4.我不是为了创建公司而创建公司，而是为了完成工作。

5.第一步是确定某些事情是可能的，然后概率就会发生。

6. 我认为我们有责任保持意识之光，以确保它持续到未来。

7. 失败是一种选择。如果没有经历失败，你就没有足够的创新。

8. 你可以将所有鸡蛋都放在同一个篮子里，但前提是你能控制篮子里会发生什么。

9. 如果有些事对你来说非常重要，即使所有人都反对你，你也应该坚持下去。

10. 我少年时期最喜欢的书是《银河系漫游指南》：它教会我最难的是提出问题。一旦做到了，其他会变得很容易。

11. 我一直在想：还有哪些问题最有可能影响到人类未来？而不仅仅是从"最好的赚钱方式"的角度来衡量。

后记

沙漠里种树

美国的博士后研究工作终于结束了，回到山东大学，评上了副教授、教授，获得了"教育部新世纪优秀人才"等荣誉……坐在安静温馨的书房里，我却不能不回想起我那与众不同的求学经历——每一个有资格上大学、读博士的学生都是经过中考、高考层层筛选，过关斩将的佼佼者，而我却曾是一个小学考初中、初中考高中、高中考大学层层落榜的"差等生"。我今天之所以能受到最高层次的教育，是与受爸爸影响而形成的永不放弃的信念与努力分不开的。

我本该是一个被学校淘汰的孩子。父母都是高知，两个姐姐也都出类拔萃，但作为家里最小的儿子，我却似乎从小就缺少念书的兴趣和能力。与其他主动闹着上学的同龄孩子相反，上学的第一天，我是被父母连推带拽弄到学校去的。从此，某所小学一年级某班最后一排的角落里，便多了一个心不在焉的小男孩。从小学一年级到五年级，我一直在学习上拖班级后腿。考初中落榜后，我曾经以为这就是我求学生涯的结尾。但爸爸却坚持送我上初中，他相信他的儿子不是不可雕的朽木，而是尚未萌发的树枝，即使长在沙漠里，只要坚持浇水，也能长成栋梁。

　　上了初中，我仍然没有"萌发"，还学会了逃学和谎报成绩。也许是我说谎的样子太诚恳，也许是爸爸不愿伤害我那已经太可怜的自尊心，家长会后，当我等待着"今夜有暴风雪"时，爸爸却拍拍我的肩膀："孩子，老师说你有进步，只要好好努力，一定能在中考中取得好成绩。"

中考终于到了，在进考场的一刹那，我回头看见爸爸那慈爱的目光里充满着信任和鼓励，这像一道阳光，撕开了我心中的阴霾——但太迟了。当爸爸在考场外期盼、祈祷时，我正望着一道道不会做的考题叹气。中考落榜，我真的绝望了，认定自己不是上学的材料；但爸爸却不肯放弃。后来，爸爸用尽了各种努力，终于让我上了高中，但我已经鼓不起学习的勇气。高中三年稀里糊涂地过去了。高考过后，我还是再一次伤了爸爸的心。爸爸也没有办法让我去上大学。他唯一能做的是让我复读，第二年再考。

　　望着爸爸那渐生的白发和充满鼓励与信任的眼神，我开始拼命去啃那一册册陌生的教科书。复读一年，我总算考入当地一家师专。爸爸显然比我更高兴。从那一刻起，我才真正感受到爸爸这位园丁的伟大，他永远不肯放弃给那棵沙漠里羸弱的小苗浇水，直到它长出自己的根系。

　　师专两年，我发疯般地学习，发誓用自己的

努力去回报爸爸的爱。我放弃了几乎全部的休息时间，背着褪色的旧书包，奔跑于教室、食堂和宿舍之间。

毕业前夕，我终于以全系第一、全省第五的成绩被山东师范大学本科录取。本科两年后，我又成为系里唯一一个同时考取研究生与双学士学位的人。后来在读博士期间，我把自己出的第一本书送给爸爸，爸爸在扉页上写下："我的儿子由一棵幼苗长成参天大树，现在树上开始结果子了，这果子我尝到了，甜甜的，这就是对我最好的回报。"看到这里，我潸然泪下——有谁知道在我一次次落榜的背后，爸爸承受了多么痛苦的考验和煎熬。

我就是那棵长在沙漠里的小苗，之所以能在原本没有希望的情况下成活并长大，是因为有一位百折不挠的园丁始终不肯放弃他的信念——他相信他的儿子一定会长成参天的栋梁！所谓信念，就是在你看到结果之前，就相信这个结果一定会实现。

这个世界上没有不成材的孩子，只有看不到希望而放弃努力的父母！

父母恩深，儿当自强。

朋友，如果您像我一样生活在一个幸运的家庭里，恭喜你，因为你的所有奋斗都有强有力的支撑和依靠。如果你的家庭并不能给予你足够的支撑和依靠，也祝贺你，因为无论怎样，我们都将通过自己的努力来实现自己的理想。

人生原本没有意义，我们都将在人生这张白纸上刻满自己的足迹，写下人生的意义。如果暴风雨已经来临，那就挺起腰！既然趴着也同样会经受风吹雨打，那就索性站直了，让暴风雨来得更猛烈些吧！

即使长在沙漠里，我们也要有长成大树的坚定信念！

父母恩深，儿当自强。

我们努力的样子里，藏着父母晚年的幸福。